消耗品の記

ぽんこつ兵隊物語

佐藤 誠一

文芸社

本集は、私の軍隊におけるつたない体験を基とし、それに若干、自分史的なものを加えて一冊にしたものです。

なお、書名の〝消耗品〟とは、読んで字のとおり古年兵が、われら召集兵を目しての蔑称ですが、実際、結果的に誰が消耗品になったかは、その時と所によって、運命が決めたもののようです。

■消耗品の記——ぽんこつ兵隊物語——（目次）

まえがき

　思えば私の投書（稿）人生は、昭和十六年、朝日新聞の投書欄「鉄箒」に佐野長一の筆名で『地方図書館の貧乏』という小文を寄せたのに始まる。その後、平成五、六年をピークに、期間としては約五十五年の長きに及んでいる。といっても、何もその間、年中のべつたらにおこなっていたわけではない。本務の勤めは勤めとし、それとは離れた場所で考え、綴《つづ》ったものである。

　昭和四十七年に定年、それから約四年、嘱託勤めをしたのを最後に自由の身となった。気がついてみると、それまで、おもに新聞・雑誌の投書欄へのそれであるが、それこそ〝私の屑籠《くずかご》〟といってもよい藁紙《わらがみ》のメモ用紙に細かく書き散らしたのが、洋服箪笥《だんす》の空《あ》き箱などに雑然とたまっている。それを見て、とにかくどれも何かの足しになろうかと蓄えていた手持ちの自由日誌の何冊かに分冊記帳したのが、別冊―自称（私家版）『灰皿文庫』（全五冊）の生い立ちである。さて、折に触れまとめてみたものの、当座は、これをどうこうする気持ちもなく、ただただそのままにしておいた。

しかし、私もついに八十歳代に入ったとき、周りはコピーブームで、なんでも手軽にコピーすることができるようになった。このコピーブームにあおられてか、この拙《つたな》い文集を、とにかくコピーして分冊ごとに綴《と》じ合わせてみたらと思った。そして、よし、それがお粗末な代物にせよ、私のしがない人生の証《あかし》の一部になろうかと思ったからである。

今から顧みて、中にはまことに他愛《たわい》なく、われながら書生論に類すると思われるものも少なくない。それらについては割愛または抹消してしまおうと思わないでもなかった。が、それはそれとして、私の拙い投書（稿）人生の一環として、たとえそれが、他人《ひと》から見て稚戯に類するものに見えようと、とどめることにした。なぜなら、採用者の意図はどこにあったにせよ、その殆《ほとん》どは、その当時の新聞・雑誌等の投書欄の一隅に歴然《れっき》として組み込まれたものだからである。活字化ということについて言えば、自分の投じた一文が活字という衣を着て、異なった形で成文化されたものを見るのは楽しい。

なお、ちょっとお断りすると、各冊「目次」の左端のところで、掲載紙（誌）などで判明しているものは明記しておいたが、不詳なものは空白のままとした。初期のほうで空白になっているもののなかには、文化放送など一連の民法ラジオで採用・放送されたものが少なくない。それに、さらに付け加えると、ものにより二重、三重と、同じ主題《テーマ》で重複しているものが幾つかあるが、これは編者の不手際に因《よ》る。

とにもかくにも、内心、忸怩《じくじ》たるものがあるが、コピー私家版『灰皿文庫』と名付け、ごく限った知人および新聞社・雑誌社・放送局・研究所・文化団体などに勝手ながら贈らせていただき、瞥見《べっけん》の上、ご批正を賜れば、私として、これに過ぎたる喜びはない。

「図書館物語」については、かつて図書館にも勤めたことがある者として館界には今でもいささか愛着があるので、付け加えさせて貰いました。ご覧願えれば倖わいです。

平成九年八月十日

佐藤誠一

消耗品の記

――ぽんこつ兵隊物語

1　召集

私が勤め先から帰ると、町会で使い走りをしている印半纏《しるしばんてん》を着た六十近い男が、何やら片手に書類の束《たば》を持って択《よ》り分けている。

私は男の姿を見た瞬間、いよいよ来るものが来たな——と感じた。

はたして、その男が択り分けてよこしたのを見ると、俗にいう赤紙だ。とはいっても、私が赤紙というものを見るのは、これが初めてである。

応召の指定日時は、六日後の昭和十八年八月五日午後一時。場所は千葉県柏《かしわ》、東部第〇〇〇部隊。

そして次の日には、私の二番目の弟浩吉《こうきち》にも、召集の部隊名は違いこそすれ、同じ赤紙が届いた。

赤紙といえば、毎日どこかの家に配られ、ある日、忽然《こつぜん》としてその家の男の姿が見えなくなることも少なくなかった。そして、そのなかの何人かは、英霊という変わった姿で戻ってくると、町会葬という名のもとにおこなわれる行事によって再び送られ、やがてその行事の数も次第に増えていくようであった。

私は長男であったが、家業を嗣《つ》ぐ意志は全くなく、専門学校を出ると、信州で四年ばかり地方勤めをしたのち、勤める者もあって、妻子は元の勤務地——県庁所在地でもあるN市に残したまま、単身、東京下町の生家に戻り、そこから本郷お茶の水にあるN出版文化協会に勤務し、そこの機関紙でもある読書専門の週刊新聞の編集記者をしていた。

信州の地にいる妻子のもとには、早速、応召の旨を知らせる電報を打った。勤務先では、盛大な壮行会や送別会を催してくれた。その合間をみては、私はごく親しい関係者とか、必要な個所への挨拶廻りを済ませた。

応召あと三日後というときになって、妻の朋子《ともこ》が、生後四か月の信夫《のぶお》を伴って上京してきた。

私はもちろん朋子も、入隊場所が柏であるから、一年前に入隊したすぐ下の弟新次郎《しんじろう》同様、せいぜい東京都内か、その周辺を守る防衛部隊に配属される——従って、面会なども少なくとも年に何回かは出来るものと、余り深刻には考えない半面、やはり私自身としても、ひょっとすると、これが最後の訣《わか》れになるのではないか——といった悲壮な気持ちを抱かないこともないではなかった。

そのうち、近所に住む予備役《よびえき》の一陸軍准尉が、どうも華北の済南方面らしい——と、どこから情報を仕入れてきたのか、それとなく伝えてきた。

まさかと思いつつ、一抹《いちまつ》の不安を私は感じないでもなかったが、その時はその時だという覚悟にも似た気持ちを抱きもした。

そうこうするうち、前夜の町内会での壮行会や何やかやを済ますと、明ければ八月五日の応召日。私も人並みに国民服に、多くの人の署名入りの日章旗を襷掛《たすきが》けにし、大勢の見送りを受けて出発した。

上野駅から常磐線に乗って、柏駅に下車。それから営門まで道が続いていて、沿道は入隊者とその関係者の群れで賑《にぎ》わっていた。私をここまで見送ってきたのは、父の仙造以下十名ばかり。さすがにこの場になると、何とも形容のつかない激情が込み上げてきて、目頭が熱くなった。

が、いつまでも立ちどまっているわけにもいかない。沿道といわず営門といわず、いわゆる旗の波で、応召者は次つぎと営門前に姿を現わし、家族の者たちと訣れを惜しんでは、営門の中に消えていった。

入隊して三日間は、いわゆる〝お客様〟の待遇であったが、被服も兵器もひととおり揃《そろ》えて支給される頃には次第に気合いも掛かりだし、同じ兵舎で隣り合わせに起居を共にしていた私たちより三か月前に入隊した内務班では、朝礼の時といわず夜間点呼の時といわずビンタの雨で、その嵐は、間もなく私たちの内務班にも押し寄せてくるようになった。日《にち》にちの訓練を受けながらも、新兵たちの一番気にかかることは、自分たちが、どの方面に派遣されるかということ。内地勤務でないことは、周囲《あたり》の情況からも察せられた。南方か大陸か。隣の編成部隊は、南方行きのようだ。

ここに入隊した者は東京周辺の防衛隊に配属される者ばかりだという大方の願いはいつの間にか崩れ、その実ここは、外地に部隊を送り出す発進基地の一つになっているようだ。入隊したその時期と情勢次第で、中国方面あるいは南太平洋方面行き——といった具合に、賽《さい》の目次第でその行き先が決まっていくようである。

私たちより早く入隊した隣接内務班の新兵の就寝前における兵器検査のときなど、銃の手入れが悪いといっては、撃心《げきしん》で瘤《こぶ》が出来るほど頭を殴《なぐ》られ、目から泪《なみだ》を流している男を見たりした。かねて聞いてはいたが、対抗ビンタというものを目《ま》のあたり見たのも、このときが初めてであった。

私が初めて殴られたのは、入浴のときだ。水を混めようとして手桶《ておけ》を水道の蛇口に持っていったところ、すぐ脇にいた古兵らしいのが、ものも言わずにいきなり顔をしたたか殴った。私は入浴のためメガネを外していたので、ぼうっと霞《かす》んでいるところを殴られ、よけい目先が霞む思いがした。

軍隊は、四六時中緊張していないと、いつ殴られ、いつ怪我《けが》をさせられるか分からない。隊内に何か変事が起こったようだ。上層部は極秘にしていたが、どうやら厠《かわや》で初年兵の首吊りがあったらしい。気の小さい人間なら、首吊りもしよう。

私たちは、家族の面会希望者にハガキを出すように言われ、前もって謄写印刷されたハガキに、一枚だけ宛名《あてな》を書いた。私は、東京下町に住む父宛に出した。

入隊して十日目。その日が面会日と決められた。

もう私たち同期の入隊者は、大陸の何処《どこ》とははっきり分からないながら、中国の済南《さいなん》方面に送られるらしいということは、ほぼ明らかになった。

私たちの班長は、とって、まだ二十三歳、山梨県出身の軍曹。ブルドッグの生まれ変わりといった顔付きでずんぐりした、よく見る下士官型。いつも肩をいからし、平均年齢二十七、八にもなろうという私たち補充兵を威圧。この男が、これから面会を許そうという

一同を前にして、

「ごく限られた日常のこと以外、公《おおやけ》のことその他いっさい、軍の機密に関することは面会人と交わすことを禁ずる。これを破った者は、一人あっても全員に制裁を加える」

と宣言した。

私も面会人に会う一人として、面会場所である営門前の広場に、一つ星の軍服を着て出掛けた。

面会に来ているのは、父の仙造と四番目の弟の正吉の二人だけ。妻の朋子も、そのほか誰も姿を見せていなかった。

「朋子は、信夫が階段から転げ落ち怪我をしたため、お前が入隊した翌日、信州に帰っていった」と、仙造は告げた。

私は、やむを得ないと断念《あきら》めた。

しかし見渡すと、大部分の者が妻子や親同胞《おやきょうだい》に囲まれて、持参の重箱や甘味品に団欒《だんらん》の一刻《ひととき》を楽しんでいるのを見て、自分の場合、少し淋しすぎると思った。

面会通知には、人員の制限と余計な食料の持参を禁ずる――とあったが、殆《ほと》んどといってよいくらい、守っている者はなかった。お陰で私は、海苔《のり》で包んだムスビとキャラメルを口に入れただけであった。

面会時間の三十分が過ぎると、「集合！」の号令が掛かって、営門に堵列《とれつ》。面会人との最後の訣れを惜しんだ。


面会は、終わった。

一同は舎前に堵列した。

班長は苦《にが》りきった顔をして、一同を睨《ね》めつけていたが、

「あれほど申し渡しておいたのに、貴様らの中に行く先を洩《も》らした者がいる。約束どおり、制裁を加える」

と、言い放つや、一人ひとりの面前に立ちはだかり、拳《こぶし》を固めると、相手を次々と打ちのめしていった。

2　中国大陸

入隊したのが八月五日。

それから三日後には、殆ど連日、炎暑の中の訓練で終始した。そして、二週間目に入るや否や、軍装を整え、中国大陸へ渡ることになった。月明《げつめい》の夜、人も寝静まった頃、畑に囲まれた一本道を柏駅に向かって行進。そこから特別仕立ての軍用列車に乗り込んで、一路、下関に向かった。

神戸を過ぎる頃から、列車の窓という窓は黒布で遮断《おお》われ、わずかな隙間《すきま》をとおして、瀬戸内の海を覗《のぞ》き見る程度であった。

一昼夜、疾《はし》りに疾って下関に着いた。下関は、妻朋子の母政子《まさこ》の実家のある所で、私が応召するまで政子は、実家の兄の花卉業《かきぎょう》を手伝いながら、身を寄せていた所。

私たち部隊は、魚市場の一隅に押しこめられたまま、街には一歩も出ることを許されなかった。私は人慕《なつ》こいまま、慰問のため入場を許されていた愛国婦人会の一主婦に、住所と氏名を書いた紙片《かみきれ》をそっと渡して、この街に住む義母政子の実兄を呼び出してくれるよう頼んだ。

幸いその主婦の家が郵便局であったので、すぐ連絡がつき、関釜《かんふ》連絡船に乗船する間際に、下士官立ち合いの上、面会が許された。私は、これをせめてもの慰めとして、黄昏《たそがれ》の桟橋に纜《つな》いである連絡船に乗り込んだ。

船の中は、むろん窓という窓は遮断してあったので、船艙であるその部屋は、人の息と熱気のため、呼吸が塞《つ》まるほど苦しかった。

船が進むにつれ、船の横揺れも激しくなり、吐《は》く者、脳貧血を起こす者など、その乱雑さは話のほかであった。それでも釜山《ふざん》に上陸する直前、窓の隙間から日の出を見ることができ、蘇生《いきか》える思いであった。

釜山では、同地の小学校に一泊。といっても、校庭にゴロ寝のそれであった。翌《あく》る日には、話に聞いていた、広軌の大型列車に乗って、一路目的地に。新義州を過ぎ鴨緑江に架かる鉄橋を渡れば、安東である。安東から奉天・錦州と過ぎ、平京（北京）・天津と、列車は奥深く南下を続けた。

この頃、列車の沿線には、土匪出没の噂が飛んで、夜中は特に不寝番が立ち、各兵は実《た》弾《ま》を込めたまま眠った。

——と、突然《いきな》り、

「藤代《ふじしろ》さんというのは、貴方《あなた》ですか」

と、地方人の言葉で声をかける者がある。

見ると、私より三つ四つ若い。しかし、三つ星を付けた兵隊である。

頷《うなず》くと、

「私は、脇田《わきた》といいます。脇田五郎の弟です。Ｋ中時代、貴方の同級だった脇田の弟です」

と言われて、私もやっと脇田五郎のことを思い出した。中学時代、わりと仲が良く、東京下町の私の家に遊びに来たこともある。

「身上調査を見ていたら、貴方の名前が目に入りましたので、もしやと思いまして。やっぱり藤代さんですね。貴方のことは、よく兄から噂を聞いていたものですから……」

と言って、言葉を継いだ。

「兄の最近の消息を知りませんでしょうか。実は兄は、家を出てから二年にもなるのです。北海道の方に行ったという噂も聞いたのですが、ひょっとすると、貴方が兄について何かお聞きになっていやしないかと思いまして。親父《おやじ》と意見が合いませんでしてね。とうとう家を飛び出し、私より前に召集礼状が来てるんですが、行方不明のため応召できないで、家の者も困ってるんです……」

私は、思いがけない場所で旧友の不幸な消息を知り、心が暗くなった。そういえば、在校時代から、どちらかというと暗い沈みがちな男だった……。

列車は、土匪襲撃の無気味な空気を胎《はら》んだまま、闇《やみ》の中を疾《はし》りつづけた。

途中、停車している時など、満期除隊を目前に内地に帰還する兵隊を乗せた列車と、擦《す》れ違いになることがある。

「おーい、後《あと》を緊乎《しっか》り頼むぞ」

と、こっちの窓の方に向かって狂気乱舞する。

そうした場合、それに応《こた》えて手を振るものの、内実、心は重い。しかし、それはそれとして、三年五年と長い苦労を重ねての内地への帰還は、どれほど嬉《うれ》しいか。いつの日か、自分たちも、このような日を迎えることが出来ようか……などと考えながら、酒気を帯び、日の丸の軍扇を翳《かざ》しての相手方列車に、心からの応酬を送るのだった。

私も入隊のその日まで、人並みの心を抱いて入営した。しかし、三日と経《た》ち一週間を過ぎ、そして内地を離れ釜山を発つ頃は、とかく心も滅入《めい》りがちであった。

朝鮮国境を越えて、もう何日。あるときは一時間、あるときは二時間余りも同じ場所に停まっては、一路、目的地に向かって疾りつづけた。

中国人を乗せた列車の、どの窓、どの屋根の上にも、女・子供と言わず老人までが、鈴なりになって乗っていた。

駅に停まると、難民の子供たちが、線路を越えて窓下に群がり、

「兵隊《シー》さん、タバコお呉れ《シンジョ》」

と言って、吸い殻《がら》でも何でも、競って手を出して欲しがった。

一週間は疾りつづけたか。

列車は、山西省南部と河南省北部の、殆ど境界に近い清化鎮《せいかちん》という所に着いた。

ここは連隊本部のある所で、私たちは旅装も解かず、軍旗はためくもとで、連隊長から長時間の訓辞を受けた。

炎天下、長いこと直立不動の姿勢を保《と》っていたので、何人かの兵隊が倒れた。私もあやうく倒れるところであったが、辛うじて切り抜けることが出来た。

夕刻になって、やっと民家風の空き家に、各班ごとに分宿することになった。地べたの上に寝藁《ねわら》を敷いて、その上に毛布を敷き、軍服のままの雑魚寝《ざこね》だった。灯明《とうみょう》のロウソクが、淋しく一本立っていた。

「藤代。島崎藤村が死んだそうだ」

と、いきなり頭の上で声を掛ける者がある。

見ると、山田である。

山田は、私と同じ新着部隊の中にいて、どこかから情報を仕入れたのだろう。山田とは夕刻ここに来て、班ごとに編入されるまで一面識もなかった。従って、私が人並み外れた文学愛好者であること、しかも、藤村と同じ学校に学び、藤村の作品を誰にも劣らないくらい愛読していることなど――知る由もない。

しかし、この訃報《ふほう》を何の前触れもなく、寝藁の上に仰向けに寝そべったまま耳にした私には、ちょっとした衝撃《おどろ》きであった。

私が応召される一、二か月前ころから、藤村が躰《からだ》の調子を悪くして臥《ふ》せりがちで、人とは誰とも会わない――ということを、風の便りに職掌柄《がら》、聞いてはいた。しかし、その訃報を異国で、しかもこんな形で耳にしようとは。

「藤村は、息を引き取るとき〝涼しい風が吹いているね〟――とか言って死んだそうだよ」

と、山田は付け加えた。

彼とはこれがきっかけで、そのうえ班も全く同じということもあって、以来、親しい間柄となった。

ずっとあとで知ったことだが、彼は新潟県の官立N高等学校を中途退学し、応召までは妻子ともども三人家族で、東京世田谷の祖師谷に住む一会社員《サラリーマン》で、年齢《とし》も私と同じ二十八であった。

清化鎮から二十数キロ手前に戻った所に、焦作《しょうさく》という街がある。人口はどれくらいだったのか、このあたりは石炭、それも無煙炭の集散地で、露天掘りのせいか、駅といわず街のあちこちは、黒びかりしている石炭の山、山で、日中合弁の炭鉱公司《コンス》でもあるのであろうか、かなりの日本人が住んでいるらしくもあった。

私たち召集兵は、ここで三か月の教育を受けることになり、その名も隊長名を取って伊東教育隊と名付け、ほかに、もう一個小隊の教育隊が編成され、合わせて二つの教育隊が、一区画内の平屋建て兵舎に、中庭を挟んで宿営した。

伊東教育隊は四個班に分かれ、一個班の人員は平均二十名。私の所属する班はその第一班で、班長は埼玉県川越出身とかいう守谷《もりや》軍曹、班付《はんづき》上等兵は戸田といった。

教育隊長の伊東中尉は、東京日本橋にある、和菓子ではかなり著名な○○堂の息子で、早稲田実業出身、年も若く、入隊の月日も教育も守谷軍曹と同じ。しかし、一方は商業学校出身で甲幹を経て将校に、そして一方は乙幹なるがゆえに軍曹に。

伊東中尉は、東京者《もの》によく見る軽薄なところもなく、年に似合わず落ちついて温厚な感じ。守谷軍曹も、下士官によくある矢鱈《やたら》に兵隊を怒鳴ったり、理不尽なことを押しつけるといったところもなく、小柄であるだけに躰もよく動き、誠心誠意、物事を処理するといった人柄であった。

それに引き換え戸田上等兵は、北海道生まれで、いわゆる血気型の男。役目とはいえ、何かと初年兵に難癖をつけては困らせ、また若いだけに人一倍、手も早かった。

一度など、演習を終わった夕食時《どき》、穴があいているとも知らないで、瀬戸びきのカップに湯を注《つ》いだというので急に怒りだし、まさに食事をとろうとしていた全員の飯《めし》を捨てさせた。その兵隊をさんざん絞りあげた末、炊事係に新しく飯を炊かせ、さも自分が振舞ってやるのだといった態度で、自分は焼酎を引っかけながら、飢えたように食器に取りついている一同を、小気味よさそうに睨《ね》め回す――といった仕種《しぐさ》を、再々繰り返しては新兵を苦しめた。

このほか、対抗ビンタや飯櫃《めしびつ》の蓋《ふた》を頭に被《かぶ》らせ、杓文字《しゃもじ》を神主《かんぬし》の笏《しゃく》のように持たせて各班巡《まわ》りをさせる――といった、言うに言われない屈辱的シーンや暴力行為が、各班のどこかで、日常茶飯事《さはんじ》のように繰り返し行われた。

内務班の壁には、衛生守則として、

一、よく歯を磨き、含嗽《うがい》を励行すべし
一、食物は、十分咀嚼《そしゃく》すべし
一、よく手を洗い、清潔を旨とすべし
……など五項目が、箇条書きに掲示してあった。

しかし初年兵の身の、これを実践している暇もなく、起床から就寝まで、いや、就寝中といえども、いつ叩き起こされ、どんな目に遭わされるか、一寸先は分からなかった。


演習は、多く街の城門を出はずれた麦畠や、綿を栽培している畠で行われた。そこは、一望千里とまではいかないにしても、広漠とした平坦地《へいたんち》で、森や林が遠く靄《もや》に霞んで点在。休憩時に、班長が遥《はる》か南の方を指して、

「この方角が、洛陽《らくよう》だ」

と、さりげなく言ったことが、妙に私の心に残った。

畠のそこかしこには、土葬の跡でもあろうか、それを思わせるような土饅頭《どまんじゅう》があって、兵隊たちは演習のとき、これらを掩体壕《えんたいごう》のかわりに、遠慮会釈なく踏んだり蹴《け》ったり、時には小休止のときの倚《よ》り掛かり場所にしたりした。

また、所どころに建っている身の丈《たけ》以上もある廟《みょう》（石塔）は、内地の田園風景とは違った、中国北部らしいそれを点出していた。

演習の合間に叉銃《さじゅう》して、兵隊が喫《の》むタバコの煙がたゆたゆと紫色に棚曳《たなび》いて、やがて緩やかに消えていくのも、内地でのそれとは違った情趣を添えていた。

演習といえば、私の最も困ったことは、痔疾であった。痔疾は母親譲りで、内地にいるときから、ことに寒さが厳しくなると酷《ひど》く、時には腰が上がらないほどになることも珍しくなかった。そして行軍中に脱肛し、出血でパンツを汚すことも珍しくなく、片手で臀部《しり》を押さえながらの行進もたびたびであった。

いずれにしても、運動神経が人一倍鈍い私にとって、それは初めから好ましい環境ではなかった。気持ちの上でも肉体の上でも、毎日が余りにも長く、苦しみの連続であった。

大なり小なり、兵隊の殆どがこうした気持ちにあるとき、第一班の木原二等兵が脱走した。

この日は日曜日で、教育隊の兵隊は班ごとに引率され、初めての外出を許された。

脱走と判《わか》ると、教育隊の全神経は木原の捜索に集中。教育隊ばかりでなく、街の中心部にある本部も、挙げて捜索に乗りだし、中国側の巡警も協力した。要所要所には歩哨が配置され、通行人はすべて検問を受けた。

このような夜を徹しての探索のうちにも、木原はもう遠く城外に脱走したと言う者、いや、まだ城内のどこかに潜伏しているに違いない、など、いろいろな憶測が乱れ飛んだ。彼を探しだすまで、演習は中止。

木原は召集兵の中でも一番気が荒く、そのくせ、ふだんは鈍重な感じの三十男。海軍の徴用で横須賀に行ったとき、班長を殴って営倉を喰《く》らったことがあると、自慢たらしく洩《も》らしていた彼。背中に、桜吹雪の入墨がある。

丸一週間の探索の結果、案に相違して、教育隊とは目と鼻の、草むらの穴ぐらの中にいた。それも空腹の余り這《は》いだしてきたところを捕えられた。捕まった彼は、予想に反して営倉も喰らわず、隊長と暫《しばら》く起居を共にしたのち、再び第一班に戻ってきた。

慰安会が催されることになった。

といっても、教育隊の営庭で、轟《とどろき》夕起子《ゆきこ》・岸井明《あきら》共演の『ハナ子さん』という映画を一本、上映しただけであった。私も多数の同年兵と莚《むしろ》の上に腰をおろし、寒月を背にしてのそれは、内地への郷愁《おもい》をひとしおつのらせた。

慰安会といえば、私たちがこの地に着く約四か月前だかに、やはりこの焦作の部隊に、当時内地でもかなり人気のあったという女漫才師が慰問団に加わってやって来、ここの大隊本部に宿泊中、折りあしく土匪の夜襲に巻きこまれ、非業の死を遂げたとか。

私が内地にいたとき、大々的に新聞に報道されたような気もした。そして、その日の夜襲がいかに凄《すさ》まじいものであったかは、今も大隊本部の外壁にありありと残る弾痕《だんこん》が、生なましくそれを物語っていた。

三か月余りの教育も、あと残りわずかとなった。が、思えば苦渋に満ちた悪夢の期間でもあった。最後の検閲行軍が済めば、各地に点在している諸隊に配属され、一人立ちの兵隊として活動を始めることになる。そして少しは、自由のある人間らしい行動も出来るだろう。

私は入隊したときは、いちばん躰が衰えていたときで、四七キロそこそこ。健康については、まことに自信がなかった。しかし曲りなりにも烈《はげ》しい訓練に、落伍することなくついていくことができた。

とは言いながら、この間、最も気にしていたのは、内臓の病気より、持病でもある皮膚病――湿疹《しっしん》であった。私は学生時代と言わず社会に出てからも、一年おきぐらいにこれに悩まされ、ひどいときには二か月三か月に及ぶことがあった。これに罹《かか》ると、皮膚は荒れ、瘡蓋《かさぶた》が出来、いつまでも乾かないで少し熱を持つと痒《かゆ》みが増し、眠れないことも屢々《しばしば》であった。

が、幸い軍隊に来てからは、この病気に悩まされることもなく、ほっとした。その一方、やはり持病の痔疾には悩まされた。これは私も予想しなかったこと。夜間における大陸独特の底冷えのする寒さ、それに、地面にじかに腰をおろすことの多い生活のためでもあった。

私は入隊以来、ちょっとした暇をみては、小手帖に、こまめに日誌《メモ》を付けていた。殴られたときは、×の記号で表わした。だから、一日に二回もビンタを喰ったときは××と誌《しる》した。

ひとしきり演習が終わって腰をおろし、目の前の遥か遠く広がる山岳地帯にぽつんと一つだけある望楼を眺めながら、秘《ひそ》かにメモを取っていると、班長が目敏《めざと》く私の手元を見て、

「ちょっと見せろ」

と言った。

××が何を表象しているのか判ると苦笑して、

「こんなことは、誌《つ》けない方が好《い》い」

と言って、なおも黙って文字を追っている風《ふう》であったが、そのまま小手帖を伏せ、それを戻しながら、

「お前、そんなに痔が悪いのか」

と、訊《き》いた。そして、

「そんなに悪いのなら、入院させてやるぞ」

と、好意的に言った。

小手帖には、所どころというより、毎日のように符牒《ふちょう》をまじえて、痔の苦しみが誌してあった。

私は、班長の好意を心の中で謝しながら、「頑張ります」と答えた。班長は、

「そうか。いいと言うのなら、無理にとは言わない。しかし、辛いときはいつでも言ってこい」

と、付け加えた。

私は、日《にち》にちの訓練に苦しみつつも、へんに依怙地《いこじ》も手伝って、教育期間中は一日も休

むまいと決めていた。そして、そのとおり押し通した。

教育隊の最後の仕上げである検閲は、清化鎮で行われることになり、同地まで行程二五キロのところを徹夜で行軍、紅白に分かれての対峙《たいじ》戦などもあって、幕を閉じた。帰営すると私は班長から呼び出しを受け、痔の治療のため、早速入院するよう命じられた。

十二月は、あと一週間となかった。

私は衛生兵に伴われて、清化鎮とは反対方向の、東方七〇キロ地点にある河南省北部の交通の要衝、新郷《しんごう》に向かった。

倚《よ》り掛かる所もない縁台ふうの、腰掛けまでが板張りで造られている無蓋車《むがいしゃ》に、中国民衆と混《こ》みで乗った。それでも何か月ぶりかの乗車で、それは束の間の息抜きともなった。

列車が進むにつれ、外界《そと》を眺めれば、日本軍が十八春《はる》（昭和十八年春）、太行《たいこう》作戦を敢行し、より奥地の山岳地帯に相手軍を追いやったことでこの地区の駐屯部隊にとっては忘れることのできない、太行山脈の山並みが、遠く青く、しかも広々と連なっているのが見えた。

私は「公用」という腕章を腕に巻いた衛生兵に伴われるままに、この国では初めて目にする都会風の新郷の街に入り、目的の病院に着いた。

私は与えられた白衣を纏《まと》うと、その日から新郷陸軍病院の一患者となった。そして丸一日の絶食の後、痔の手術を受けた。

あとは、徐々に粥《かゆ》の濃度を増して、回復を待つばかり。入院したおかげで、応召して初めての正月は、寝台の上で平穏のうちに迎えることができた。

朝夕になると、さきの十八春の太行作戦で日本軍に寝返りを打ち、そのままこの地区の警備に当っているという孫田栄《そんでんえい》軍の、チャルメラにも似たラッパの音《ね》が、物哀しく心にしみた。

約一か月の入院を終えると、私は新郷と焦作とのほぼ中間にある、修武《しゅうぶ》という町に駐屯している小林中隊に配属されることになった。その隊に赴いてみると、顔見知りはかつての教育隊当時の者では守谷軍曹ほか二、三名にすぎず、しかも私が所属する班の班長は依然として守谷軍曹で、他は知らない顔の者ばかりであることが分かった。

中隊のおもな任務は、この修武県界隈《かいわい》の治安の確保であった。そのせいか、不穏の情報が入ると、すかさず中隊は隊を編成して、黄河流域方面の討伐に出動した。

私は、二月一日付で、他の二、三の同年兵とともに二つ星になった。

城門に通じる衛門の前通りは、この街でいちばん通行の賑やかな所で、民衆は衛門の前を通るたびに衛兵に向かって一礼し、衛兵もまた着剣・執銃《しつじゅう》のまま礼を返す。

立哨中、地方人を眺めていると、中国人独特の風習――纏足《てんそく》をした老婆、一輪車に積荷を載せて押す男、上向きに反り返った竹の天秤棒《てんびん》を、呼吸よろしく巧みに舁《かつ》ぐ男女、大きな肉片や鶏などを、むきだしのまま紐《ひも》で吊して歩く女……など、さまざまであった。

しかし、黄昏《たそがれ》近くなると、ばったりと人通りも絶える。そして闇《やみ》が這い寄り、寒さは容《よう》赦《しゃ》なく膚《はだえ》を刺す。

夜半、防寒具に身を固めて衛兵勤務に就いている時のこと。同じ内務班ではあるが、日《にち》にち事務室勤務をしている山田一等兵が、ひょっこり姿を現わして、

「藤代。幹候を志願する気はないか。人事係准尉殿から、お前の意向を訊いてくるように、と言われた」

と告げた。私は、「受けない」

と、即座に答えた。志願しても駄目なことは分かっていたし、また、そんなつもりもな

かった。

「が、山田は受けろ。お前なら、必ず受かる」

と、私の方が反対に、山田に勧めた。

「迷うことがあるか。ぜひ受けろ」

「そうするか。しかし俺は、何も準備しないつもりだ。じゃ、お前の意志は、そのまま准尉殿に伝えておく」

と言って、山田は舎内に消えていった。

それから間もなく、山田は幹部候補生を志願、連隊本部に赴いていたが、しばらくして戻ってきた。

3 残留

こんなことがあって三月の末になった頃、この中隊にも急に他の方面への移動命令が下り、挙げて転出の準備に掛かりはじめた。

中隊全員の身体検査が、連隊本部から派遣されてきた軍医によって行われた。

私は、軍医から「どこも悪くはないのか」と、再三、念を押された。

「悪くありません」

「隠すことはない。率直に答えよ」

と、軍医は、確かめるように言った。

まもなく私は、もう一人の古年兵と「給水班として先発せよ」との命令を受けた。それと同時に、防暑帽・防蚊網・半袴（半ズボン）など、南方向きの軍装一式を支給された。

中隊長に申告を済ますと、二人は連れだって、ひと足先に焦作にある大隊本部に赴いた。が、同本部はすでに空家同然になっていた。しかもどうしたことか、二人への命令は急に変って、しばらく同本部に待機するようにとのことであった。

しかし、いつまで待っても出発の命令はなく、再び中隊に復帰するよう命ぜられた。中隊に戻ると、すでに書類などは焼却され、あらかた出発準備は了《お》えていた。

教育中は、たとえ一個の薬莢《やっきょう》でも紛失すれば、食事を中断してでも一日中、野良犬のように田畑を這いずり廻って探させられたものである。それなのに、それらの兵器類は、ほかの陣営具とともに、大きく掘ったゴミ捨て場の穴の中に無雑作に抛《ほう》りこまれて、焼かれたり土を被せられたり、昨日までのことが恰《まる》で信じられないほどであった。

引揚げ準備が全く終わった日、昼下がりから、中隊はある限りの食材を使って酒宴を開いた。

そして、ついこの間まで、連日激しい銃剣術や教練を行った営庭の片隅では、南方用の開襟シャツ姿で、日の丸の軍扇を片手にした古兵の何人かが集まって、さかんに気勢をあげていた。

夜に入り、酒宴も最高潮に達した頃、どこの群れからともなく、

〽さらば　ラバウルよ
　また来るまでは
しばし　別れの涙がにじむ

恋し　懐かし
　あの島見れば
椰子《やし》の葉陰に十字星

――という歌声が、あちこちで起こり、その歌の輪は次第に大きくなって、狂気乱舞。いつ果てるとも知れなかった。

まだ行く先は、ごく一部の者にしか知らされていなかった。しかし、山東半島経由、出港ということは明らかであったので、誰の目にも、南太平洋方面であることは想像された。

迷宮のように造られた中国家屋独特の、各部屋を利用して設けられた各内務班で、いまだに高歌放吟《こうかほうぎん》の声が絶えないでいるとき、私は班長の守谷軍曹に呼ばれた。

それは、班付上等兵をとおしてのものであったが、私はひそかに指定された場所に赴いた。そこは、古色蒼然とした物置のような一部屋で、鈍いランプの灯《あか》りは、年齢《とし》より幾分老《ふ》けて見える班長の顔を、仄《ほの》暗く照らしていた。

「藤代。これは、お前に言いにくいことだが、決定したことだからやむを得ない。お前は、他の部隊に転属してもらうことにした。従って、我々とは別行動を取ることになる。残留する者は、中隊全体で三名である」

「――」

「転属とは言っても、おそらくこの近辺の部隊と思う。我々が当地を引き揚げたあとは、満州方面から交代の部隊が南下して来ることになっているから、多分、その部隊の一つだと思う。我々は、中隊あげて、明朝当地を発《た》つ。目的地は青島《ちんたお》である。その先は不明だ。生還は期しがたい。お前は躰も余り丈夫ではない。折角、自重するよう」

と言って、言葉を切ってから、

「この中に、僅かだが入っている」

と、紙幣が入っているらしい封筒を、台の上に置いて姿を消した。

翌《あく》る朝、私が見送りの何人かにまじって路端《みちばた》に佇《た》っていると、山田が、上等兵に進級したばかりの真新しい襟章を着け、行進中の隊列から躍《と》びだしてきて、

「藤代、家内の名前と田舎《いなか》の住所をここに書いておいた。無事還《かえ》ったら、訪ねてみてくれ。では……」

と言ったかと思うと、身をひるがえすようにして、元の隊列に戻っていった。

紙片には、

奈良県東葛城郡K村　　山田ふみ子

と、鉛筆の走り書きで記してあった。

城門を出ると、そこは見渡す限り一面の耕地で、その間を縫うように、駅舎のないホームまで、一筋の路《みち》が延々と続いていた。隊列は、その路に沿って進んでいた。

私はホームから遥か距《はな》れた所に佇《た》って、兵隊が次々と貨車の中に消えていくのを見送った。

乗車完了。

列車は、汽笛一声すると、白い煙を吐きながら徐々に動きだし、やがて見えなくなった。

私たち残留組は、彼らの赴く青島とは反対方向の列車に乗った。私は揺られながらも、これからどうなることかと思うと、さすがに不安でもあった。

終点の清化鎮に着くと、そのまま元の連隊本部があった兵舎に入った。ここは、かつて内地から運ばれてきたとき、初めてそこの中国人家屋に分宿して、同年兵たちと久しぶりの地上での夢を結んで以来、兵器受領やその他の用件で中隊との間を幾度か往復したことのある、忘れがたい土地でもあった。

元連隊本部のあった所は、私が所属していた中隊や大隊とともに、あげて青島方面に発ち去った後だけに、兵舎は全く裳抜《もぬ》けの空《から》で荒寥《こうりょう》としていた。が、いつの間にか、どこの部隊とも分からない混成部隊が移動して来て、次第に元の賑やかさを取り戻しはじめた。

そして、最初にここに到着したとき思ったことではあるが、野天の繋留《けいりゅう》場に、おびただしい馬の群れを見て、（ひょっとしたら、馬部隊に……）という予感がし、それはよくも悪くも、その後の私の進路を大きく決めることになった。

まず、勤務の手始めは、そこに繋《つな》がれている背の高い屈強な日本馬を貨車に積み込み、そしてこれは後で知ったことではあるが、遥か遠隔の地にある開封《かいほう》の駐屯部隊に引き渡すことであった。

農村出身の者は別として、これまで馬を一度も扱ったことのない私にとって、屈強なこれらの馬の轡《くつわ》を取って貨車に積み込むことは、全くの大仕事であった。

積み込みは、夜中に行われることになった。風が物凄く音を立てて吹く晩で、暗夜にカンテラの灯が揺れ動き、そのうえ馬の嘶《いなな》きと異様なまでに掻《か》きならす蹄《ひづめ》の音は、一層あたりに悽愴の気をみなぎらせた。

一人が二頭の馬の間に入り、並列して駅のホームまで運ぶと、もの馴れた兵隊がホームと貨車との間に厚板を渡して、猛《たけ》り狂う裸馬を器用に追い込む。作業はその繰り返しであった。それが終わると、私は割り当てられた貨車に、馬もろとも乗りこんだ。(こんな苦労も、相手方部隊に申し送るまでの辛抱だ)と、みずから慰めながら……。やがて、貨車ばかりの専用列車は、闇夜に鈍い音を軋《きし》ませながら動きだした。途中、給水や馬糧の補給をしながら、列車は開封駅に着いた。

開封の街に入ると、在留邦人の姿も認められた。そこの部隊での馬匹《ばひつ》の引継ぎを終えると、あとは空身《からみ》で、久しぶりに寛《くつろ》いだ気分になることができた。

しかし、ここにそのまま留まるわけではなかった。二日後には、上海に向け出発――の命令がおりた。それも、上海に留まるのだと判然《はっき》り決まっていないだけに、余計に不安でもあった。それでも、こんどは予期に反して客車による移動で、その客車も、これまでに経験した板張りの無蓋車《むがいしゃ》ではなく、内部はちゃちな塗装ながら白ペンキ一色の、ちょっぴり地方人の旅の気分も味わえようという雰囲気の客車で、一路上海に向かった。

長い道程《みちのり》を徐州まで東進、そこから昼夜を重ねると南京であった。

南京には一泊しただけで、翌日は上海。同地に着いた頃は、兵隊の中にも病人が出て、体調の悪い者は自動車で運ばれた。

浦口《ほこう》から揚子江《ようすこう》を渡って、南京の街に入るときも、そうであったが、上海に着いたときも雨で、兵隊たちは完全軍装のまま、隊伍を整えて市中を行進。途中、陸戦隊本部前で着剣執銃の水兵姿の衛兵を見るのも、上海なればこそと思った。行進は、しばらく続いてから共同租界を東進。同租界を出外れる頃には、黄浦江に沿って楊樹浦路が延びていた。

とどのつまり、一行の疲れた目に映ったものは、貧弱な衛門、そして有刺鉄線をぐるりと張りめぐらした、広大な柵内に蠢《うごめ》く馬たちであった。それでもこの時点では、私はこの先、馬との付き合いが長く続こうなどとは、夢にも思わなかった。しかし、それが間もなく、現実となって到来する破目となった。

結局、私が所属することになった部隊は、満州から南下してきた輜重《しちょう》部隊で、将兵の出身は近畿――それも大阪・奈良を主体とし、それに九州北部と四国地方の者が加わっていた。そのため、互いに交す言葉も、これまで耳にしてきたそれとは、およそかけ離れたものだった。

この中隊が入るまでは、文字どおり倉庫として使っていたらしく、いわゆる軍隊の内務班としては、全く不向きなものであった。三階各層の内部は、各班ごとにシートで仕切っただけの共同生活。それも窓が極端に少ないため、出入り口を閉めきろうものなら、人いきれと埃《ほこり》のため、不衛生きわまりないものであった。

私の所属は第一分隊と決まった。

配属されて二日目には、もう勤務だ。これまでの歩兵部隊と違って、輜重部隊では何から何まで勝手の違うことばかり。最初に就いたのが厩《うまや》当番で、それも後夜《こうや》（午前二時から明け方まで）の勤務であったから、熟睡しているところを、前夜（消灯から午前二時まで）を下番《かばん》してきた兵隊に起こされた。

そして、組になっている古年兵と二人で、深夜、階段を降りて外界に出ると、所々に雑草が生えていたり、また水溜りなどがあり、初めての身には闇《くら》がりということもあって、いっそう広く奥深いものに感じられた。そして、やっとの思いで行きついた所はと見れば、骨組みを丸太で施し、そのぐるりを天幕《テント》で囲み、仕切りの一つ一つに一頭ずつ馬を繋いでおくという、きわめてありきたりの厩風景であった。

聞けば、この輜重馬部隊は、命令のあり次第、広東《かんとん》方面に移動して、その方面での作戦に参加、出動する予定であるとか。

この日は、裏手に沿っての川風が物凄く吹きまくる夜で、大陸特有の底冷えも加わって、私にはひどく応《こた》えた。躰も気《け》だるかった。それでも初めてのことではあるし、勤めるだけは勤めようと努力した。しかし、時が経つにつれて、どうしても長いこと立ち尽くしていられなくなった。私は苦しくなって、馬糧や寝藁の堆《うずたか》くなっている陰に入って、そっと躰を休めた。そのうち、ようやくのこと空が白んできて、昼間の当番兵と交代する時刻が近づいてきた。

起床ラッパが川風に乗って、構内一杯に鳴り響くと、倉庫から兵隊たちが一斉に姿を現わし、あちこちで分隊ごとの点呼が始まった。

楊樹浦路に沿って張りめぐらしてある有刺鉄線の外側の通りでは、市街電車が走りだし、それを合図にしてか、商店の中には戸の開け立てを始める所もあった。

私は、勤務を下番（勤務明け）すると、やっとの思いで舎内に引き揚げてきた。私は、依然として足が重く、苦しかった。それでも朝食前に、隊での一斉検診があるというので医務室に行った。

私は、予診のための体温計を腋下《わきした》に挟み、順番を待った。順番がきて、立ち合いの衛生兵長に渡すと、それを見るやいなや、彼は私の額に手を当てて、

「これはあかん。入室や」

と言うと、ただちに寐《やす》むように命じた。

それからの私は、熱が上がるばかり。夜に入ると、衛生兵長は寝ずの番で、頻繁に私の氷嚢《ひょうのう》を換えてくれているらしかった。

厠は、階段を降りた所からかなりの距離にあった。私は小用に行くとき、兵長への遠慮もあって、溶けた氷嚢を抱え、水飲み場で冷えきった水道の水と入れ換えて戻ってくるこ

ともあった。氷嚢を抱え、冷えきった階段を、手欄《てすり》に摑まりながら一段一段昇る気持ちは、ひとしお応えた。

とうとう私は、身動きできないほどの高熱に浮かされるようになった。兵長は、私の腋の下から体温計を取りだし、仄《ほの》暗い裸電球に透かして、

「これはあかん、入院や」

と呟《つぶや》いた。

暫《しば》く経《た》ってから私は、こんどは初めて見る衛生軍曹に付き添われ、用意の乗用車《クルマ》に乗せられた。

時間にしてどれくらい経ったか。とある構内に、クルマはカーブを切るように滑り込むと、やがて白堊《はくあ》の建物の前に停まった。あとで知ったことだが、それは上海第〇陸軍病院であった。

私の躰は、玄関先の廊下に足を掛けた途端に、崩れるように倒れた。

この日から私は、内科第一病棟二階、六人収容の第二〇七号室の患者となった。病名は、クループ性肺炎であった。

私は夜となく昼となく氷で冷やされ、夜中には、よくメタポリン注射を打たれた。余り頻繁に注射を打たれるので、腕のその部分には痼《しこり》ができるほどであった。

何日かは夢現《ゆめうつつ》のうちに過ぎた。それでも五日ほどすると、だいぶ意識が回復して、濃度の薄い粥《かゆ》ぐらいは食べられるようになった。

入院したての頃は、氏名および病名のほかに、護送患者という木札がベッドの横に紐《ひも》で吊り下げられていたが、このころでは、担送患者という名称に変わっていた。

私がこうして臥《ね》ている間にも、病院では、入院する者、退院する者、また運悪く死んで逝《い》く者など、いろいろであった。入院直後、私は本当に危ない瀬戸際にあったわけだが、どうやらその危機も脱することができた。

死者といえば、この病院では、多いときは週に一人ぐらいの割合で出た。そのたびに屍《しかばね》衛兵《えいへい》が斎場に立ち、葬送ラッパの音《ね》が微《かす》かではあるが抑揚をつけて、物悲しく聞こえてくることがあった。

私が痔の手術を受けるために、かつて入院した華北の新郷陸軍病院に比べると、ここは敷地が広大であるばかりでなく、設備や医療の点においても格段の差があり、優れていた。

三週間目には、私は院内のどこへでも自由に歩くことが許される、独歩患者《どっぽかんじゃ》になっていた。小用をたしに厠に行くと、〝独歩患者〟と使用区分を明示した小札が、便器上部に掛かっている。それを目にするたびに、若き日、愛読してやまなかった国木田独歩を想った。そして何より、私が幸いに思ったことの一つに、中隊にいるときは、内地との手紙の遣《や》り取りはこちらから発信するだけの全くの一方通行であったのが、ここでは出した手紙の返事のいくつかは手にすることができたことであった。

入院生活二十日近くで、どうやら全快に近づいた。しかし、快《よ》くなったからといって、すぐには退院とならない。ことに、内科関係の疾患で長いこと病床にあった者は、躰が鈍《なま》っているため、帰隊しても激しい軍務にすぐには溶けこめない。そうした者のために、この病院には第一段階、第二段階として、さらに休養・訓練のための施設があり、退院間近い者だけをそれぞれ一週間前後収容して躰を馴れさせる方法を採っていた。

第一段階として私が収容された所は、病院と同じ構内にある建物、といってもキリスト教会の元礼拝堂《チャペル》で、窓にはステンドグラスが嵌《は》めこまれ、天井は高く、堂内の相当部分を占める両翼の階層には、ベッドが多数持ちこまれ、そこには白衣の患者が多数、寝起きしていた。

かつて、何年間かキリスト教関係の学校に学んだことのある私にとって、それはとりわけ印象が深かった。この元礼拝堂で五日ばかり過ごしたあと、第二段階として、私ら退院組候補者は、市の中でもとりわけ閑静な住宅地にある、門柱に「○○○訓練隊」と書かれた大きな名札の掛かっている所に収容されることになった。

ここは、蔣介石夫人・宋美齢《そうびれい》が、かつて学長を務めていた女子大学の寮生が寝起きしていた所という。それらしく、広い庭園に白堊の建物があり、内部も白ずくめで、ベッドにはクリーニングのよく利いたシーツが敷きつめてあり、清潔感が部屋中にみなぎっていた。

ここで私たちは、風呂を沸かすなど、軽い使役に従事するほかは、構内では体操を、そして構外では早駆けをしたり、まれには引率者のもと、あまり遠くない所にある外国租界の公園に出かけて、いっときの休養を楽しむこともあった。

私の約ひと月に及ぶ入院生活も終わった。

そして原隊に復帰《かえ》ると、以前にも増して激しい軍務が待っていて、これまでの療養生活と比べると、それはまさに天と地ほどの相違であった。

三日おきの不寝番、週一回の衛兵勤務、白昼での食糧輸送、輸送のないときは馬運動といった具合に、躰の休まる時はなかった。

馬運動といえば、鐙《あぶみ》もなく、背に毛布をかけただけの裸馬に跨《また》がってガーデン・ブリッジを渡り、雑踏にわき返る上海有数の繁華街を駆け抜け、外国租界まで長駆したり、呉淞《ううすん》路《ろ》に出て新公園に達し、近くの酒保《しゅほ》に立ち寄ることもある。そして時には、慰安所近くの空地に馬を繋いで、そこでの瞬時の快楽を貪《むさぼ》ることもあった。

慰安所といえば、それは平屋建てのちゃちな日本家屋で、内地でのチャブ屋のそれを思わす造り様。切符《チケット》を求め、指定の女の部屋に入ると、すぐの所は土間になっていて、六畳敷きの小座敷には、一棹《さお》の箪笥と鏡台が置かれ、その前で、しどけない襦袢《じゅばん》姿の女が、機械のように男を受け入れ送り出していた。

慰安所にもいろいろあるようだ。私の部隊近くの慰安所をあげると、建物のそれは、前者のそれとは全く趣を異にし、古色蒼然としたレンガ造り。洋館とは名ばかりで、昼なお暗い各自の部屋の片隅にある卓子《テーブル》の上には、砂糖入れやコーヒー茶碗が散乱。こうした部屋の前廊下には、飢えた野良犬よろしく、兵隊たちが順番遅し――と待つ。そうしたなかにも兵隊のある者は、鍵穴から内部を覗《のぞ》いたり、足を踏みならして、せかす。このように、馬部隊の兵隊は、勤務に馬運動に寧日なかった。

農村方面に軍夫の徴発に行っていた他部隊の者が、何十名かの中国地方人を連れて帰ってきた。むろん、僻地《へきち》からの拉致《らち》である以上、納得の上でなく、半ば強制的に、しかも貨車に、半ば缶詰め状態にしてのそれであった。

そして、これらの中国人軍夫は、分隊ごとに分けて配置されることになった。当然、私の所属する分隊にも配置された。従って、第一分隊でも、その世話をする軍夫係が必要となり、古年兵一名と私がそれに当てられた。

軍夫の部屋は、兵隊たちのいる倉庫の二階の、またその上の三階全部が当てられることになった。夕刻五時を過ぎれば、地上の階段間近にある、板囲いをした軍夫専用の厠に行くほかは、彼らの行動の自由はいっさいなく、常に厳重な監視の下《もと》にあった。

階段下の川沿いに面したコンクリート塀といわず、空地のぐるりには有刺鉄線を張りめぐらし、要所要所には昼夜の別なく歩哨を配して、彼らの逃亡を防いだ。

かつて明治の頃、北海道の炭鉱や密林地帯では、俗に監獄部屋といって、そこに拐《かど》わかされてきた男たちは、坑夫や伐採夫として重労働を強いられ、もし逃亡を企て発見されようものなら、半死半生の目に遭わされたという。しかし、ここでは逃亡などしない限り、暴力が振るわれるということはなかった。

そうして、ひと月ふた月、輸送に馬運動にと、寝食を共にするに従い、兵隊と軍夫との間にも、情が湧《わ》いたというか、監視する者とされる者といった関係以上に、親密な情景を点出することもあった。

私は、初めのうちこそ、一種独特の体臭を放つ彼らに辟易《へきえき》したものだが、それもやがて、共に座し共に語るに従い、それほど苦にもならなくなった。

とりわけ、私の班に属する軍夫係古兵が、彼らに対し情愛をもって接していたので、兵隊と彼らとの間には、取り立てて反目し合うこともなかった。

——が、こうした中《なか》にも、他の分隊などでは、ごく稀《まれ》に夜半、突然、軍夫の逃亡が伝えられることがある。こうしたときは、非常呼集が掛かり、部隊の一部を割いて捜索に当ることになる。しかし、逃亡者は滅多に捕まることはなかった。

それはともかくとして、はるか外れの埠頭《ふとう》にある飯田桟橋と部隊との間を、糧食を積んで、兵と軍夫が、一見何の屈託もないようにして往《い》き来《き》する有様を見ては、内実はどうあれ、人により、それは恰《あたか》も日中協力の微笑《ほほえ》ましい一齣《ひとこま》に映らないこともなかったろう。

週を隔てて一度の割合で、部隊正門に衛兵として勤務することがある。

私たち部隊の付近の隊でのこと。衛兵勤務中、まだ夜が明けきらないときに、衛兵の一人が立哨したまま、銃弾で咽喉《のど》を貫いて自決するという事件があった。その兵隊は専門学校出で、部隊長宛の遺書を懐中しており、しかも、その遺書は英文で書いたもので、趣意は軍隊に対する抗議の文字で満たされていたという。

私が正門の衛兵に就いたとき、人伝《ひとづて》に聞いた話ではあるが、折りにふれ、このことを想い出すことがあった。

——夜も次第に明けて、それまで眠りこんでいた街も、ざわめきだした。市街電車が走り出すと、老若男女の姿も次第に数を増す。上海といっても、この付近は労働者や商人が多いのであるが、往き来を眺めていると、人々の生態《ありさま》が窺《うかが》えて面白い。

そうしたなかに、ある日、どこかで見たことがある女性が……と思って見れば、姿こそ違え、それもこの日は中国服のうえに小ざっぱりとしたオーバーを羽織ってのそれ。なおもよくよく見れば、やはり市内にある慰安所での一人であった、など、兵隊ならでは経験できない一齣もあった。

私がこの馬部隊に転属して以来、比較的目を掛けてくれた町田上等兵と同年兵の二人が、広東方面の部隊に転属することになり、命令のまま、上海出港の船で転属していった。四個分隊あったこの部隊も、一個分隊は他に赴いて今は三個分隊。われわれも、いつ命令が下り、移動を開始するか分からなかった。

昭和十九年七月二十二日、東条内閣は総辞職し、小磯内閣が成立した。このことは、倉庫前の広場に持ちだされた黒板に大きく白黒で告示されていたので、誰でも知ることができた。

総理	小磯　国昭	軍需	藤原銀次郎
外務	重光　葵	運輸	前田　米蔵
内務	大達　茂雄	大東亜	米内　光政（兼）
大蔵	石渡荘太郎	厚生	廣瀬　久忠
陸軍	杉山　元	国務	町田　忠治
海軍	米内　光政	国務	児玉　秀雄
司法	松坂　廣政	国務	緒方　竹虎

文部　二宮　治重　　国務　小林　躋造
農商　島田　俊雄　　情報局総裁　緒方　竹虎（兼）

酷《きび》しい暑さの夏も去り、秋から冬に入ると、勤務はいちだんと激しさを増した。ことに夜間の厩当番は、特有の底冷えも加わって文字どおりの苦役《くえき》であった。

言うまでもなく軍隊において、とくに馬部隊にあっては、馬は何より大切に扱わなければならない。兵隊が病気になっても、時に猫が病《や》んだぐらいにしか扱われないが、万一、馬の病気や外傷を負わせたりしたとき、とくに馬個有の病《やまい》——疝痛《せんつう》を起こしたときなど、班をあげての大ごとになり、ことにその病馬の責任者となると、回復するまでは心身《からだ》のやすまる暇がなかった。

ここにいる馬の殆どは、部隊とともに満州から移動してきただけに満州育ちのそれがおもで、気性も荒く、少しでも油断しようものなら、すぐ噛《か》みつき蹴ったりした。

私も、それぞれの馬の癖を知るまでは、ことに馬といわず動物嫌いの私としては、油断して何度もひどい目に遭った。一度、腹部をものすごく蹴られたときは、悶絶一歩手前で、そのまま死ぬのではないかと思った。実際、馬部隊にいると、蹴られたり落馬して大怪我をし、また、まれには生命《いのち》を落とす者もあった。

私たちの厩のある有刺鉄線より道路一つへだてて向う側にあるビルの屋上から、娘たちが屈託のない顔で喋《しゃべ》りながら見下ろしているのを見ると、羨《うらや》ましくもあった。

そうこうするうち、他の分隊に広東方面への出動命令が下って、上海の港を出ていった。残るは二個分隊。この分隊にも、いつ命令が下り、移動するようになるか分からない。そう思うまもなく、また他の分隊に命令が下った。ところが、こんどは港を出たか出ないうちに、別の部隊と一緒に乗った船が潜水艦攻撃に遭って、むなしく引き返してきた。

このように、海上輸送事情は日に日に悪化した。こうした緊迫した状況のうちにも、アメリカ大型爆撃機B29は銀翼を空高く輝かせつつ、悠々飛び来り、飛び去っていくのだった。

4　襲　撃

年が明けて昭和二十年正月、急に命令が下り、私の所属する分隊は、しばらく蘇州《そしゅう》に移り、時期を待つことになった。

蘇州は上海から北西の地にあり、同地は古くは〝寒山拾得〟で有名な名刹《めいさつ》寒山寺をひかえ、新しくは歌謡曲〝蘇州夜曲〟で知られている所。そうした名にしおう同地に、一時《いっとき》にせよ移ることは、これまでの、ともすると単調になりがちなそれに、多少なりと、変化をもたらしてくれるのではないかと思った。

とはいえ、馬を伴っての移動は世話がやける。馬を貨車に積み込んで蘇州に向かったときは、今さらながら、一片の命令のまま、将棋の駒のように動かされるわが身を思った。同駅に着いて馬を地上におろすと、再び輓馬《ばんば》用の馬具を取りつけて歩いた。しかし行く先は、私の期待した街中とは反対に、見るものすべて寂れ果てた田舎道のそれだった。

宿営予定地の石碼頭《せきまとう》という一部落に辿《たど》りつくと、早速作業に取りかかった。同地は、その名が示すとおり石材が比較的豊富な所らしく、それらを敷いて厩の下敷きとし、柱にはこれまた地元産の、幹のとりわけ太い竹を選んで柱とするなどして、どうやら厩の形をととのえた。

一行の仕事は、その付近の高地にある砂山を採り崩して、低地を流れる運河に横づけになっている船《ジャンク》に積み込むことであった。しいて想像すれば、これらを上海方面に搬《はこ》んで、アメリカ軍の上陸に備えての塹壕造りに資そうというのでもあろうか。

私たちが着いたときには、すでに高地にある砂山から、下手の運河まで細身のレールが敷かれていて、その上を中国人人夫が操るトロッコによって、多量の砂が勢よく搬ばれていた。それに比べると、輓馬によるそれは、見た目にも非能率そのもので、とても及びそうにもなかった。そう思いつつも、私たちには馴れない馬を駆しての忙しい日々であった。

それにしても、一緒に伴ってきた中国人人夫は、私たちとは全く違った別建ての民家に寝泊りさせていたから、彼らが逃亡しようと思えば、上海にいたときのように厳重な囲いや見張りがあるわけではないから、やすやすと出来るはずなのに、不思議なくらいそうしたことは起こらなかった。

そうこうするうち、ひと月も経ったか。作業も軌道に乗って、やれやれと思いかけたのも束の間、分隊は、挙げて速やかに、〝上海の原隊に復帰せよ〟との命令に接した。

設営するときは昼夜兼行で励んだことも、いざ撤収となると、あっけないくらい早く、簡単に破壊し尽くされた。そして跡片づけもそこそこに、その場を後にした。

三月下旬、寧波《にんぽう》に向かって出発の命令が下った。初めは広東方面に赴くはずであったが、海上不穏のため、半ば手前の同地に変更になった。

乗船は、滞りなく終わった。船は三〇〇〇トンもあろうか。貨客船で、肝心の中国人乗客は歩廊や船艙《ふなぞこ》に押しやられ、良い場所は兵隊たちで占める形となった。

乗船と同時に、万一洋上で船が撃沈されたとき、鱶《ふか》などに襲われない用心のため——といって、各自は、褌《ふんどし》用の赤い布地を渡された。

一昼夜の航海を終わると、明け方には寧波の埠頭に横づけになった。

私は、ふと、（古来、わが遣隋使や遣唐使、それに留学僧などが中国に渡るため、第一歩を印《いん》したのは、多くこの地ではなかったか）——と、想ってもみた。

私たちは舷側から桟橋を渡って岸壁に上がると、すぐ近くの兵站《へいたん》に集結した。そして、憩《やす》むまもなく、用意した転属名簿によって、転属先の部隊名が次々と読みあげられ、各自の行き先が決まった。

その結果、私の所属する分隊も、当然散り散りになった。それでも私は、分隊長以下二名と、それから応召して間もない、この地で初めて見る初年兵数名と、行《こう》を共にすることになった。

目指すところは、寧波から山手の、かなり奥まった部落に駐屯している、独立歩兵第〇〇〇大隊で、私たちは、そのままそこに転属されることになった。

市街の入口を扼《やく》している大河のほとりにある兵站に、何日かとどまったのち、私たちは迎えのトラック二台に分乗し、転属と決まった独立守備大隊を目指して出発した。

私たちは、味噌《みそ》樽《だる》や穀類の入った麻袋《カマス》に腰をおろしていたが、警乗兵は運転台の上に軽機関銃を据え、不測の事態に備えて立ちつくしたまま、いつでも応戦できる姿勢をくずさなかった。途中、とくに危険区域と思われる路上には、五〇〇メートル間隔で警戒兵が、執銃・着剣のまま立哨していた。また、ちょっとした橋とか、要害の地と思われる所には、饅頭《まんじゅう》型の分哨があって、そこの覗き穴から兵隊が目を光らしている様子が窺われた。

聞けば、この通路は、かつて援蔣ルートの一つで、つい何か月か前、同じ路上で、わが通過部隊が敵の仕掛けた地雷に触れ、何名かの死傷者を出した所とか。

目的地まで、あとどれくらいであろうか。だいぶ来たと思われる頃、日はとっぷりと暮れ、真っ暗闇《くらやみ》の中を、トラックはヘッドライトを頼りに、右に左に車体を揺り動かしながら走りつづけ、やっとのこと夜半、大隊本部のある目的地、嵊県《じょうけん》に到着することができた。

降りると、野戦のこととて衛門らしいものもなく、そこに幹部数人が姿を見せていた。

私たちは、細く長く洞穴《ほらあな》のように曲りくねって延びている狭い路を踏みしめながら、あてがわれた内務班に入った。そして躰を横たえると、そのまま深い眠りについた。

一夜明けると、それまで暗闇のため周囲《まわり》の様子がよく分からなかったが、おぼろげながら次第に分かるようになった。ここは、もと外国人が住んでいたのだろうか。建物は木造の粗末なものではあったが、それらしい雰囲気をとどめていて、一段下がった所にあるそれは、村人のための施療か、集会などに利用していたふうにも見えた。

私たちは、およそ内務班にはふさわしくない、半ば畳敷きの小じんまりした一室を与えられ、そこで寝起きした。部屋の裏手は小高い丘つづきになっていて、晴れた朝など、陽光《ひかり》が白ペンキを塗った窓枠を透《とお》して降りそそぎ、さらに鶯《うぐいす》の囀《さえず》る声が興を添えて心を和ませてくれた。

大隊は、麓《ふもと》に竹藪を控えた高台にあった。そのため、それらをとおして村の家々が所々に見え、彼方遠くには、この国の風物詩でもある雁塔《がんとう》を望むこともできた。また、近くのなだらかな傾斜面に咲き乱れている菜の花の香《かぐわ》しい彩りを目にしたりすると、かつての華北での教育期間中、廟《みょう》や土饅頭の点在する曠野《こうや》ばかりを眺めてきた目には、今は半ば不穏の地区にいるとはいえ、時には晴れがましい気持ちになることもあった。

保安地区に便衣隊が出没するようになり、周辺《あたり》が次第に不穏の空気で包まれるようになった。竹藪の中から、本部目がけて手榴弾《しゅりゅうだん》が投げこまれるなど、周辺の情況は日増しに不穏の度を加えつつあった。

一日、大隊本部は、周辺地区の情況把握と訓練を兼ねて、未明、一隊を隠密裡に繰り出すことになった。

古兵は、それぞれの任務を与えられ、それを果たしていたようだが、私たち新参者は、演習を加味した行軍に終始した。そして昼近くになって、一部落を見つけると、側《そば》を流れている川の岸辺に行き昼食を摂《と》ることにした。

すると、何を思ったか、一、二の古兵が何やら取り出したかと思うと、いきなり水上目がけ立て続けにそれを抛《な》げこんだ。見ればそれは、サイダー壜《びん》に火薬を詰めたものらしい。壜は、物凄い音を立てて爆発し、煙は水面を這うように拡がって、無数の泡《あわ》が沸《ふつ》ふつと湧き立った。なおも目を凝らして水面を瞶《みつ》めていると、やがて夥《おびただ》しい数の魚が、白い腹を見せて浮き上がってきた。

この様子を見て取ると、引率のK軍曹は、泳ぎに覚えのある者は、飛びこんで獲《と》るように言った。私も、つい誘われるように褌ひとつになると、そのまま飛びこんで、獲物の何尾《びき》かを岸辺に抛《ほう》りあげた。

岸辺でこの様子を見ていたK軍曹は、雑嚢《ざつのう》から小手帖を取り出すと、川に飛びこんだ者の名前を次々と記入。

確かに冷静な頭で考えたら、いやしくも不穏な地区でのこんな場所で、素っ裸になり、魚獲りに戯れるなど思いも寄らないこと。しかし私にとって、それこそ何年ぶりかの、一《いっ》刻《とき》を忘れての水浴であった。獲った魚は隊へ持ち帰ることにし、昼食をそそくさと済ますと、また元のように隊伍を整えて行進を始めた。

そのうち、いつの間に捕えたのだろう、便衣に身を包んだ、敵地区の密偵らしい男が一人、後ろ手に縛られて歩かされているのに気が付いた。

そして、ある地点に達したとき、隊は行進を停《や》め、この男に目隠しをさせると、路上に立たせた。

すると、何時《いつ》どこから集まってきたのか、夥しい数の味方の兵が現われ、その男を遠巻きにして輪を作った。

私は、何が始まるのだろうと、大勢の肩ごしに見守っていると、見馴れない老少尉が現われ、円陣の中から兵隊の一人を呼び出し、いきなり号令をかけ、小銃に着剣させた。

続いて、老少尉は抜刀したかと思うと、ちょっと距《はな》れた所から声を振りしぼって突撃命令を下す。

突撃命令を下すと同時に、密偵の躰は路上に倒れた。
私が生身の人間の刺殺される瞬間を見た、これが最初で最後であった。

四月二十九日は天長節というので、一同は久しぶりに隊を挙げての、特別給与の馳走にあやかった。それから三々五々、外出を許された。外出といっても、ひと握りの貧しい部落での外出であったから、中国側の保安要員が立番《たちばん》をしている検問所を出ると、すぐそこが部落の本通りになっていた。それも全く名ばかりのもので、葦簀《よしず》張りの粗末な店が数軒、とびとびに並んでいるに過ぎない。それでも私など、乏しい物入れの口をあけて、何軒かをひやかしたり、飲み食いをしたりしていると、全く忘れていた内地での、素朴な暮しの一場面《シーン》を思い出したりした。

——こうして一夜を明かすと、命令が下って、大隊本部の一部は食糧徴発のため、急に出動することになった。
人員は二〇名たらずで、行李《こうり》班を主体に編成された。このときは、情況を楽観してか、半数を占める初年兵の大部分は、帯剣だけの軽装であった。八キロばかり歩いて、目的の集落に入っていくと、どうしたことか、路上には人影はなく、ひっそりと静まり返っていた。

兵隊たちは、村長宅で昼食を摂ることにして、寛《くつろ》ぎかけたところ、引率の軍曹は何を思ったか、兵隊たちを村長宅からちょっと出外れた小高い丘の上に移させ、そこで食事を摂るように命じた。

兵隊たちは、丘の上の天辺《てっぺん》に叉銃して、持参の飯盒《はんごう》を開きはじめた。すると、いつ村人が搬《はこ》んできたのか、大きな老酒甕《ろうちゅうがめ》が側に置かれていた。

軍曹は、自分の飯盒の中蓋を取り出すと、それに柄杓《ひしゃく》で老酒を注ぎ、そのまま自分の口に持っていくと思いきや、傍らに控えていた男の前に突き出し、飲むように促した。それを見届けるようにしてから、初めて部下に飲むように指示した。

私も酒は嫌いな質《たち》ではなかったので、一度は飲みかけたが、なぜか気が進まなかった。それで持ちかけた柄杓をそのままに、元の位置に戻り、飯を食いはじめた。

と、最前から昼食も摂らないで立哨していた二人の初年兵のうちの一人が、突然《いきな》り、

「軍曹殿、向うの樹の陰に、何か動いているのが見えます」

と、叫ぶ。

見ると、距離は二〇〇〇メートルもあろうか。狭間《はざま》を隔てて、かなた木立ちの裾《すそ》を、屈《こご》

むように、また蜘蛛《くも》の子を散らすような形で、何やら蠢《うごめ》いているものが見えた。

報告を受けた軍曹は、立ちつくしたまま凝《じ》っと前方を瞶《みつ》めていたが、肩から吊り下げていた望遠鏡で再度確認するや、おもむろに前方に短銃《ピストル》を構えて、やにわに一発、林の一角を目がけて撃ちこんだ。もちろん、弾丸《たま》は届くはずもない。しかしそれに呼応するかのように、相手方は一斉に攻撃を開始。銃声は付近一帯に谺《こだま》して耳を聾《ろう》するばかり。もうこうなっては昼食どころではない。兵隊たちは、反対側の斜面に反射的に伏せると、二年兵は少しずつ斜面を這い上がり、叉銃してある銃の脚《きゃく》の一方を掻《か》っ払い、やっとのこと各自の銃を確保、対峙の姿勢をとった。

発砲しながら立ち向かってくるのは便衣隊で、思ったよりその数は多く、しかも時が経つにつれ、数はますます増え、銃声も一段と激しさを増してきた。

軍曹は、銃を全く持たない初年兵に、いち早く退却を命じた。彼らはそれに応じて、蜘蛛の子を散らすように一目散に丘を駆け降りていった。その間、銃を持つ者は、彼らの退避する時を稼いだ。

そうこうするうち、便衣隊はいよいよ間近に迫ってきた。私は立て続けに飛んでくる弾《た》丸《ま》を斜面で避《よ》けながら、鉄帽を被《かぶ》った。

軍曹はと見ると、兵隊の銃を取って、立ったまま盛んに撃ち返している。が、手勢の弾《た》丸《ま》が尽きかけたと見ると、一同に一斉退去を命じた。

私はそれまで割合に冷静をたもっていた。しかしいったん逃げ腰になると、急に臆病風邪に吹かれ、浮き足立った。そして、敵弾に当たり、敵の銃剣で無惨に止《とど》めを刺されるといった場面《シーン》が、一瞬目の前をよぎるのを感じた。次の瞬間、私は丘と丘との割れ目を見出すと、反射的に身を躍らして飛び降りた。下は砂地であった。

あとは夢中で駆けた。丘を下って平坦部に出ると、水田であった。畔道《あぜみち》は粘土質のため、駈けだすたびに足を掬《すく》われ、躰ごと水田にのめり込むこともあった。そうした醜態を演じている間にも、上手の方からは、連発式チェッコ銃が、物凄い音をたてながら、弾丸《たま》を撃ちおろしてきた。

そのたびに、弾丸《たま》は田の水面を掠《かす》めて飛沫《しぶき》を上げた。もはや一刻でも早く安全圏に辿り着くことだ。そして、やっとのこと衝立《ついたて》のように立っていた白壁を見つけると、本能的に躍りこんだ。その間、擦《かす》り傷ひとつ負わなかったのが不思議なくらい。

しばらく行くと、そこは太い幹の孟宗竹が生い茂る竹藪だった。そこで一息いれていると、負傷した兵隊が、もう一人の兵隊に肩をささえられ通り過ぎようとする。負傷はと見れば、片方の眼球は抉《えぐ》り取られ、血を流していた。その兵隊は、私が丘の上から飛び降りる瞬間まで、後先になって射ち続《つづ》けていた一人。私も、あと数秒、身を躱《かわ》すことが遅かったら、同じ運命に、いな、もっと悲惨な目に遭っていたかもしれない。

するど、こんどは二〇メートル幅の、緩い流れに出た。三人は、胸まで水に浸りながら渡った。このとき相手が追い打ちを掛けてきたら、ひとたまりもなく藻屑《もくず》と化していたろう。幸い相手は追ってこなかった。そして無事に川を渡りきったところで、急を聞いて駆けつけてきた救援隊と行き合うことができた。

一週間が過ぎた。

大隊は当地を撤収することになり、私たち行李班は設営のため、まもなく先発隊として、本部の一部下士官・兵と行動を共にすることになった。

新しい駐屯地というのは、嵊県の遥か東方にある慈谿《じけい》という所であった。

先発隊は慈谿に向かっていよいよ移動することになり、二十名の者はM軍曹指揮のもと、弾薬や食糧とともにトラック数台に分乗して出発した。途中、情況の悪い地点では、かつて転属のため、寧波から嵊県に赴いたときと同じように、要所要所に警戒兵が立哨して路上を守った。そのせいか、危険区域と思われる所も、ことなく過ぎることができた。そして、とある地点に達したとき、こんどは進路を陸路から水路に変え、中国人の船頭もろとも、小船を何艘か徴発して、大河に漕ぎ出した。

そして、夜に入ると葦《あし》の生い繁った叢《くさむら》に船を繋ぎ、仮眠しては夜明けとともに櫓《ろ》を漕がせ、中小河川を幾曲折、やっとのことで着いた所は、毀《こわ》れかけた石門の立つ荷揚げ場であった。この荷揚げ場近くにある石造の広い屋敷の一角に、積荷いっさいの陸揚げを行い、ひとまずそこで本隊が到着するのを待つことにした。聞けばそこの当主《あるじ》は、かつて日本のW大学にも一時籍を置いたことのある知日家であるという。

5　大隊長付馬取扱兵

先発隊として来ていた私たちが待機していると、一週間目に、後続の大隊本隊が嵊県を引き払い、慈谿に到着した。本隊がもたらした情報によると、嵊県を出発してから間もなく、途中の山路で、峰々に潜んで待ち伏せをしていた敵からの一斉攻撃を受け、少尉一名が戦死、その他、数名の負傷者を出したという。

部隊はとりあえず、街はずれにある空き家や空閑地を利用して、各隊ごとに分宿することになった。そして行李班は、前にいた部隊が残していった、見るからに不細工な痩《や》せこけた中国馬を引き継いで、おもに街にある兵站と隊との間を往き来して、食糧輸送の任に当ることになった。

そして私は、思ってもみなかった大隊長付馬取扱兵の命を受けた。そのため行李班の仲間とも別れ、大隊本部で寝起きするようになったのである。

私は、その日から端正な日本馬をあてがわれ、隊長外出の際は、その脇《わき》に従って歩いた。

到着早々、各隊の宿営家屋もまだ本決まりでないため、血気旺《さか》んな青年隊長は、連日精力的に馬を駆し、周辺の地理や民家の在りようを察して、「ここは何隊、あそこは何隊」――と、テキパキ指示して回った。

ここは、さきの駐屯地＝嵊県と同じように野戦地区であったから、正規の兵舎がないまま、それぞれ適当と思われる空き家や民家を徴発して、それぞれの宿営とした。

各隊とは少し距《はな》れて奥まった所にある、こじんまりとした尼寺を大隊本部に当て、そこに大隊長以下、何十名かの者が起居《ねおき》を共にすることになった。

茅《かや》で屋根を葺《ふ》いた枝折戸《しおり》を排して中に入ると、内庭があって、正面に、建ててまだまもない、木の香りがする形ばかりの本堂があった。本堂の内部には金泥で塗り固められた釈迦本尊が鎮座し、その本尊を取り巻くようにして、コンクリートの土間一面にアンペラを敷き詰め、内務班とした。

この本堂に向かって両翼の部屋の、左を隊長室、右をこの寺の庵主と幼童が住む居間兼厨房とし、そしてその右隣りの部屋が、私たち数名の兵隊が寝起きする所となった。

各隊の将兵もそれぞれの塒《ねぐら》に分散し、落ちつきを取りもどすと、本部の者を除いては本務の演習もどこへやら、鵯山《ひよどりやま》の壕掘りに精をだしはじめた。鵯山というのは、作戦上、仮に名づけられた日本名で、この山に限らず、この付近の要所要所には、便宜的にそれぞれ日本式の名前や符牒が付いていた。多分それは、代々の駐屯部隊から引き継いだものだろう。

この鵯山は、本部からそう遠くない裏手の所にあって、天辺《てっぺん》にある丸太小屋には、針金を菱型《ひしがた》にかたどった通信隊の、大きなアンテナが取り付けられていた。

これらの峰々を、私は青年隊長に従って、毎日のように登っては降りた。時にはいきなり一気呵成《かせい》に山手目ざして駆け上がったり、平地を飛ばしたりすることがあるので、そうしたとき、追いつくのは楽ではなかった。

が、反面、各隊の兵隊が岩窟に籠《こも》って鏨《たがね》の音を響かせたり、モッコ運びに汗を流しているときでも、私は隊長と行を共にしていればよく、また隊長が馬から降りて巡察しているときなど、馬を人気《ひとけ》のない木立に繋いで、ひとときの静寂《しじま》を楽しむこともできた。もっとも、そうしたときでも、よく話に聞く便衣隊や解放軍が忽焉《こつえん》として現われ、拉致されでもしたら……といった恐怖に、一瞬襲われないこともなかった。

大隊本部になっている所は、庵主である老尼一人の寺とはいえ、依然として尼寺の体裁をとどめていたので、朝は庵主の読経と鉦《かね》の音で目をさまし、勤めを始めた。隊長は、本部の者に対してはもちろん、付近の民家に分宿している各隊に対しても、住民についての軍規は厳正に守るよう指示していたので、たまさかの外出で街に出たときも、比較的に友好的で衝突らしいことも起こらなかった。

外出といえば、この街の電柱や土塀などにも、所々、日本内地で見られるような『仁丹』『大学目薬』『中将湯』など、おなじみの名前が、それぞれの独特のマーク入りで掲げられており、わが国の影響がこの国の相当部分まで浸透していることを思わせた。

慈谿に来てふた月目、七月に入ると、部隊は急に演習に力を入れだした。そしてこれに伴い、私も大隊長に従って、これまでになく頻繁に、旅団司令部との間を往復するようになった。

　旅団司令部の入口近くにある丘の上の広場に行くと、時を同じくしたように、管下の大隊長らの乗馬が集まってくる。こうしたとき、私は馬の手綱を傍らの木に繋ぎ、頭の上の山いちごの実を口に含みながら、隊長の帰りを待つ。こうした情勢が一週間も続いたろうか。大隊は、まもなく寧海作戦（寧波—臨海）のため、総力をあげて出動することになった。

　大隊は七月上旬、本拠地の慈谿を出発すると、いったん寧波に出、そこから奉化《ほうか》へと進路をとった。

　奉化といえば、かの蔣介石——生誕の地とか。ここでの、小石ばかりの清冽《せいれつ》な水をたたえている河原に足をひたしての小休止《やすみ》は印象的であった。街並木といい、建物といい、ちょっぴり洋風化した清潔な感じの同地を過ぎる頃から、道は次第に爪先上がりとなり、進むに従い、どの集落も裳抜けの殻。それは、日本部隊来たる——の情報がいち早く伝わると、村人は目ぼしい家財道具を担いで、奥地に身を隠したからだ。

　部落に入って、たまに人影があると思えば、それは置きざりにされた老人くらい。退散のとき、鶏の逃げるのを恐れてか、ていねいに各鶏の脚を紐で括《くく》り、家の入口に繋いであったりする。こんなのが質の悪い兵隊に見つかれば、絶好の餌食《えじき》、そっくり彼らの胃の腑におさまるのは必定。

大隊長は、鶏はおろか、地方住民の人や物には、何ひとつ危害を加えてはならない、略奪してはならない――と厳命していた。しかし、ほんのひと握りの兵隊にせよ、鶏や豚などの家畜を捕えたり、民家に押し入って家財道具を荒らし、引出しにあった衣類や布片《ぬのきれ》まで掠《かす》め盗《と》る輩《やから》がいた。馴れた古年兵になると、行軍の合間にそれを路上に拡げ、にわか市を開く者さえあった。

部隊は、途中しばしば雨などに遭って苦しんだが、五日目には目的地＝臨海に突入。そのときは、案に相違して街中は人っ子ひとり姿を見せず、静謐《せいひつ》そのものであった。

南方から北上してくる福州部隊を迎えるには、まだ間があった。そのため大隊は、臨海にひとまず滞留することになった。

私は退屈にまかせ、役場に備えてある和綴《わと》じの戸籍簿をめくったりしていたが、日本のそれとは違って、第二・第三夫人のそれともとれる正妻以外の名前が、家族の一員として列記されているのを見て、国柄の違いを強く感じた。こんなことで数日を送るうち、いよいよ福州部隊を迎えるという日、大隊はようやく天台山の麓に近づいた。

天台という名前から推して、この地が天台宗発祥の地ではないか、そしてわが国における天台宗の開祖＝最澄《さいちょう》が、遥々《はるばる》この地に渡来して、帰国後比叡山《ひえいざん》に開宗——いわば、わが国の仏教文化とは切っても切れない由緒《ゆかり》のある地ではないか……などと思う一方、これまでこの国では一度も見かけたことのない景観《けしき》に衝《う》たれた。

そして間もなく、福州部隊が道々引き揚げてくるのに出遭った。どの兵も長途の行軍のせいか、ひどく衰え疲れて見えた。それはともかくとして、この部隊を無事見送れば、大隊の任務は半ば終わることになる。墨絵にも似た山々の景色を遠く見ながら、再び寧海の街に入った。

市内の治安状況の視察を兼ねて、隊長は人影の全くない、石畳が敷きつめられている白堊の通りを馬で駆け巡った。

——そして、とある街外れに来たとき、私は小さいながら洋風の建物があるのに気づいた。隊長は馬を停め、入口に近づき案内を請うと、内部《なか》からフランス人を思わせる老人と家族が姿を見せ、招じ入れた。隊長は一家とともに、屋内《なか》に姿を消した。

私は馬の手綱を把《と》りながら、中国人の子守女と碧眼《へきがん》の女の子の、花畑に戯れているのを眺めながら、隊長が再び現われるのを待った。

福州から北上してくる同部隊の、無事引揚げを援護する使命を果たして、私たち部隊は、大隊本部のある慈谿に帰還することになり、寧海を後にした。

一時、敵襲などの噂も起《た》って色めきたったが、敵との衝突は何ひとつ起こらず、途《みち》みち雨に打たれ道に臥《ふ》し、その上、藪蚊に襲われるという苦難と闘いながらも行軍を続けた。

寧波を経て慈谿を目指して還《かえ》る頃には、さすがに私も疲れ果て、あたかも大小無数の五《ご》色《しき》のシャボン玉が目の前に飛び交うのを覚え、今にも倒れそうになることも再々であった。そして、やっとの思いで帰隊した途端、気の緩みもあってか、急に高い熱を出して寝こんでしまった。診断の結果、それはマラリヤだった。

これまで、周囲《まわり》の者で、時折三日熱とか四日熱というのに罹って、昼日中、酷暑だというのに頭から毛布を被り、ガタガタ慄《ふる》える――といった光景をよく見かけ、異様に感じたものである。が、いざ現実に自分が罹ってみると、食欲はなくなり、白湯《さゆ》ばかり欲しがるといった具合で、その苦しみは罹ってみた者でなければ、到底理解ができないものであった。

私は、自分がいる内務班と、獣医官室を挟んで同じ並びの部屋にある庵主の厨房に、やっとの思いで歩いて行くと、彼女から飯盒の蓋に白湯を分けてもらっては飲んだ。白湯だけは、素焼きの土釜の周りを藁灰で囲んだものの中に四六時中沸かしてあったから、昼夜の別なく、いつも飲むことができた。

私の体力がとみに衰えたのは、マラリヤのせいばかりではない。作戦中の、雨に打たれながらの行軍その他、いろいろな無理が積もり積もって現われた結果であり、何をするにもすぐ疲れた。

そうしたなかにも、時折、B29爆撃機が銀翼を輝かして、上空高く飛来することがあった。夜、点呼後など、兵隊の間にも、戦争に対する見透《みとお》し、対米英戦争についての批判、現在、兵隊の多くが山中に籠っての壕掘り作業についてなど……ようやく懐疑的な空気が出はじめていた。

一日、幹部将校は、本部全員を柵外の広場に集め、

「昨今、隊内にも好ましからぬ風潮が蔓延《はびこ》って、ともすると、軍人としての自覚を失いがちで、まことに遺憾である。わが軍は、最も困難な時に際会している。しかしながら、最後

の勝利は疑いない。宜《よろ》しく将兵は一丸となって、時艱《じかん》克服に邁進《まいしん》してほしい。不肖われわれも、万一の際は身命を賭《と》して、ご奉公する覚悟である……」

そうして、彼に続いて、同じ卓子《テーブル》に立ったのは、初老ながら精悍《せいかん》な感じのN中尉で、

「聞くところによると、わが国には既に、風船爆弾というものが発明された由。爆弾そのものは、マッチ箱大であるが、効力は実に莫大《ばくだい》。これを飛行機に積んで、アメリカ本土に近づき、風船に吊るし、風上を利用して放つとき、その威力たるや、まことに怖るべきものがある。こうした諸情勢を、いろいろ総合してみるとき、わが軍は、けっして悲観するには当らない。いや、最後の勝利を信じて邁進あるのみ。諸士は、自信をもって頑張ってほしい」

と結んで、降壇した。

治ったと思った私のマラリヤが再発した。しかし暫くすると、それもどうやら攻勢を緩めた。が、躰の衰弱は外目《よそめ》にも酷《ひど》く、人事係准尉も私の姿を見かけたりすると、擦れ違いざま、

「どうした。元気を出せ」

と、励ますこともある。

それから間もなく、私は馬取扱兵を解かれ、元の行李班に戻った。この衰弱では、その任に耐えないと見て、私を元の内務班に返し、体力を回復させようというのだ。私はふた月ぶりに、元の仲間がいる行李班に戻った。そこは本部からだいぶ距《はな》れた所にある民家で、近くには貧しい農家が何軒かあった。久しぶりに古巣の行李班に戻ってみると、ついこの間まで上背のある凛々《りり》しい姿の日本馬を手がけてきた目には、そこで飼われている中国馬のどれもが貧相に見えること……。

それからの私は、三日に一度ぐらいの割合で、馬に輓馬《ばんば》用具を着けては、街にある兵站との間を往復し、輸送に従事した。服《の》みつけないマラリヤの薬のため、胃の腑を荒したか、私はますます元気を喪《な》くし、夜になると下痢のため、何度か床《とこ》を這い出しては用をたす始末で、寝ぐるしい毎日が続いた。

6　終　戦

このように身心ともに全く八方塞《ふさ》がりの状態にあるとき、青天の霹靂《へきれき》のように、敗戦の報が降って湧《わ》いた。昭和二十年八月十五日のこと。この夜に限って、行李班も大隊本部に集まることになり、薄暗い灯明下、屋内で待機していると、幹部の一人が、「天皇陛下の名において、日本は無条件降伏した」旨を伝えた。

また、これに続いて、広島は大空襲を受け、死傷者を多数出したこと。そして、その犠牲者の中に、慰問のため、たまたま同地を訪れていた移動劇団〝さくら隊〟の、丸山定夫・園井恵子《そのいけいこ》ら数名が、敢《あえ》ない最期を遂げたことを告げた。

この、有史以来、わが国未曾有《みぞう》の出来事の最中《さなか》、しかも野戦という異常な雰囲気のなかで、丸山定夫の名を耳にしようとは。なるほど彼の名は、かつての新劇の舞台で、またPCL映画などにおける個性派俳優として人気を拍し、一部の映画・演劇ファンには知られたとしても、この時、この際——この超重大ニュースに付随して、報道するほどのことがあるのだろうか……など。

もちろん、広島に原子爆弾が投下され、千古未曾有《みぞう》の大惨事をもたらしたことは、内地に帰還して初めて知ったことで、その関連性において丸山定夫、および彼が率いる〝さくら隊〟の悲報を伝えたのだといえば、点頭《うな》づけないこともないのだが……。

それにしても、私が東京で召集令状を受けたとき、彼の妻が私の妻とは比較的近い親戚になっていたので、私は応召の挨拶のため、国電四谷駅近くに在った彼女の家を訪れていた。辞去しようとしたとき、外出先から帰宅した彼と玄関先で顔を合わせ、簡単ながら挨拶を交わして訣《わか》れたのであった。思えばこれが、私にとって、彼と顔を合わせ言葉を交した初めてであり、最後であった。

無条件降伏の発表が行われる前までは、

①米ソは、開戦に踏みきるらしい。

②ソ連は、日本の請《こ》いを容《い》れ、日米の橋渡しをしつつある。

などの風説が、時たま耳に入ることがあった。ことに①については、他地域における一部将兵の希望的観測も加わってか、誠しやかに流れてくることもあった。それが、急転直下、無条件降伏の断が下ったのだ。それまで張りきっていた将兵――特に下士官の中には、落胆して急に病になり、部隊によっては自殺者を出したところもあるという。

また、無条件降伏のことが決まってからも、ことにその直後というもの、「派遣軍は厳として存在する。降伏などあり得ない。あくまで抗戦だ」などと叫ぶ者が、ごく少数ではあるにせよ、あちこちの部隊にあったようだ。

そのせいか、旅団長名をもって、

「停戦と決まった以上、陛下の大御心《おおみごころ》を帯《たい》し、その分《ぶん》を守り、軽挙妄動に走らぬよう」

との訓示が、管下各隊に下達された。


停戦と決まると、これまで抑えられていた緊張の度合いが急に緩んだせいか、内地の被害状況その他のこと、たとえば、銀座から上野・浅草にかけては焼野が原になってしまい、内地における鉄道輸送は、内地人の場合、その多くは貨車であることなどが囁《ささや》かれた。また、ひどい話になると、九州は中国、近畿・中国はイギリス、四国はフランス、関東・中部はアメリカ、そして東北・北海道はソ連に――といった具合に連合国のおもな国々の管轄下に置かれ、おまけに婦女子の多くは、彼ら将兵の意のままにされる――といった、何ともつかみようのない飛語が、まことしやかに囁《ささや》かれもした。

たまさか、一日の軽い使役をすまして、今なお行李班の詰所《つめしょ》になっている農道沿いの中国人家屋の縁台に腰をおろし、前方はるか彼方の山の端に金色《こんじき》の夕陽が沈むのを眺めていたりしていると、望郷の想いもひとしおであった。

山の端といえば、この近くの山々にも解放軍（共産軍）が迫っていて、時に出没してはわが方《かた》の兵を拉致したり、あるいはひそかに投降を呼びかけるなど――そのために同軍に走った者もあるという。どこまで本当のことであるのか、真偽のほどは分からなかった。

停戦から一か月余り経った九月下旬、出発準備も整って、宿営地＝慈谿を引き払い、いよいよ武装解除の予定地＝粛山《しゅくざん》に向かって、大隊あげて出発することになった。慈谿から同地までは凡《およ》そ一〇〇キロ。かつては鉄道が開通していたが、今は線路も撤去され、雑草の生い茂ったホームには、朽ち果てた待合室が、わずかにその面影をとどめていた。

慈谿を出発したときは空が晴れていたが、次第に翳《かげ》を増し、二日目には雨が降りだした。行軍中、私が何よりも惧《おそ》れたのはマラリヤであった。運悪くマラリヤに再発されでもしたら、事だと思った。それゆえ、携帯用のクスリを服《の》みながらの行軍であった。電柱に裸電球の灯《とも》っている余姚《よちょう》の街に晩《おそ》くなって入ると、私たちは馬小屋とも何ともつかない大きな空き屋に分宿して、一夜を過ごした。

夜が明けると、早朝からの出発であった。こんどは前の日とは打ってかわって、晴れあがった好い天気であったが、完全軍装の身には、咽喉《のど》の渇きがそれだけ増した。

飲み水は、極度に乏しかった。水田を見つけたりすると、私たちは水筒をいち早く横たえて水を注ぎこんだ。そしてそれを飲むときは、前もって各自に配られていた小ビンに入った浄水液を、数滴口に含みながら行進した。浄水液の力を借りてのこととはいえ、人一倍神経質な私としては、環境のなせるわざとはいえど、普通では到底考えられないことであった。

こうした艱難《かんなん》を重ねながら、百官を経て、予《かね》て老酒の本拠《メッカ》とも聞く紹興《しょうこう》の街へ入った。この町に着いたとき、軍慰問のため、折からこの地方を巡演していた歌手の渡辺はま子が、中国側に抑留・保護されているらしい——との噂が、誰言うとなく流れた。

部隊は、ここの街外れにある無人の破れ寺に二泊。ようやく元気を取り戻した私たちは、許されるまま、民衆でごった返している人波にまぎれこみ、揚げ油の匂《にお》いと人いきれでむんむんする食べ物屋に入って、久かたぶりに地方人の気分を味わった。

紹興を発つと、粛山《しゅくざん》である。

粛山は、武装解除の予定地である。この町に着いて、姿こそ見ることはできなかったが、全く忘れ去っていた蒸気機関車の警笛の音を、久しぶりに耳にして慕《なつ》かしかった。武装解除というと、何かものものしく、そのうえ、屈辱的なものを感じるが、私たちの大隊の場合、幹部はともかくとして、一般の者は、武器をどこでどう引き渡したものかいっこう知らずじまいで、従って、ごくごく平穏のうちに行われたことになる。

そして私たちが所属している大隊は、そのまま杭州と上海とのほぼ中ほどにある嘉興《かこう》という所に赴いて、そこにある集中営（捕虜収容所）に収容されることになった。しかし旧行李班だけは、その特技（？）を買われたか、本隊とはひとまず別れて杭州に赴き、そこに駐在していた部隊が保有していた日本馬を中国側に引き渡すまで、その管理をすることになった。

私たちが逗留・管理することになった所は、杭州駅からちょっと外れた寂しい場所にある、海潮寺という由緒ありげな寺院であった。しかし、広い境内には僧侶はおろか、人影らしいものは全く見当らなかった。十数名の兵隊は、仄暗《ほのぐら》い本堂を拠点に寝起きすることとし、その前にある広場に十数本の棒杭を打ちこんで、馬を飼育することになった。

そこから少し距《はな》れた所が、炊事係の俄《にわか》詰所となったが、そこの土間の一段高い所には、けばけばしく彩った大きな閻魔《えんま》大王の坐像が鎮座。大きな目玉を見ひらき、笏《しゃく》を身構えてのそれは、大きな釜に大きな鍋を持ちこんでのそれと対比《くら》べて、何やら話に聞く地獄の門の一場面を想わせせないこともなかった。

また、いつのまに嗅《か》ぎつけたか、わずかでも兵隊がいると知ってだろう、寺の入口に近い空閑地《あきち》には、饅頭屋などが屋台を並べて店開きを始めた。なかでも、野天に三脚を据え、湯沸かし用の薬缶《やかん》をかけての散髪屋には、何人かの兵隊が客となった。その様子を見ている限り、つい半月前まで、たがいに反目し敵視しあったそれとは思えない。まして、かつての日本兵は、今は全くの丸腰。少しでも相手に敵愾心《てきがいしん》があるならば、それを示す好い機会であるはずなのに、この場に関する限り、そんなことは全くなく、至って長閑《のどか》な風景であった。私は、自分より先に剃《そ》ってもらった兵隊の真似をして、頭を剃刀《かみそり》で丸めてもらうことにした。それは、そうすることによって、少しでも頭髪の寿命を延ばすことができると思う一方、年内には、とても内地に帰還《かえ》れる見込みはないと考えたからである。

この寺にいる兵隊の任務は、預かった馬匹《うま》を中国側に引き渡すまで、事故のないように飼育していればよかった。まして、ほかに強制労働があるわけでなく、また出入口に相手側の見張りが立って監視するということもなかった。仕事らしい仕事といえば、自分たちが消費する糧秣と馬糧を、杭州駅の貨物発着場に赴いて搬《はこ》んでくるくらいのものであった。

噂によれば、部隊により、衆人環視の中、道路補修や清掃作業に狩り出され、罵声《ばせい》をあびせられたり、時には石を投げつけられたりの憂き目に遭っているところもあるらしい。

日本馬の管理を引き受けて約一か月、やっと返還のことが決まり、寺の広場で馬具と一緒に中国側に引き渡すことになった。馬などにはついぞ愛着のない私にとって、別離《わかれ》の哀しみなど、感傷めいたことは微塵《みじん》もなかった。

諸手続きを済ませた私たちは、大隊の大部分の者が早くから収容されている嘉興にある集中営（捕虜収容所）に向かって出発することになった。嘉興というと、私はまだ一度も読んだことがなかったが、戦記もので一躍名を馳《は》せた芥川賞作家＝火野葦平の『麦と兵隊』や『花と兵隊』など、いわゆる一連の〝兵隊もの〟に出てくる所らしく、また有名な杭州湾敵前上陸を敢行したとき、いち早く日本軍の制圧下に入った所のようだ。

深夜、嘉興駅で降り、いくらもしないうちに、かなり大きな建物と敷地を容するらしい門前に着いた。あとで判ったことではあるが、ここは敗戦までは、日華蚕絲公司《さんしこんす》と称して、かなり栄えていた所らしかった。

こうして、私たちの集中営生活は始まった。しかし集中営生活といっても、私たちの寝起きするところは旧作業場として造られたもので、木造の二階式建物で、新しく清潔そのものであったので、いささかも暗い思いをしないで済んだ。その上、おおむね自主管理にまかされていたらしく、とくに威圧を感じることもなかった。収容所の裏手には、小さな川が流れていた。そこに架かっている小橋を渡ると小公園があって、そこは、かつて旧合弁の会社時代、同社員とその家族が楽しむために設けたものだろう、四阿屋《あずまや》あり、テニスコートありで、ちょっとした小天地の趣があった。今、環境こそ大きく違っていても、私たちは、その余慶をいささかなりと受けているわけだ。

外部との往来は、まれにある使役のときのほか許されなかった。中国側から表立った制約を受けることもなく、その上、衛兵勤務といっても、かつてのわが衛兵勤務のように着剣執銃といった固苦しいそれでもなく、丸腰に巻脚絆《まききゃはん》で、「衛兵」という腕章を腕に巻きつけただけの、いたってのんびりしたものであった。

十一月三日は、旧明治節である。

この日、運動会を行うことになった。一般兵には何の予告もなしの開催であった。また天気も、それにふさわしいものであった。

運動会の準備にあてられた者は、石灰でコースの線引きをするやら、朝から何かと忙しい。そして、テントを張った来賓席に中国側幹部の姿を見るころには、前日まで何の変哲もなかった広場も遽《にわ》か競技場《グラウンド》に早がわり、陽光のもと、次第に運動会らしいムードも盛り上がりを見せてきた。

少し誇張した表現ながら、虜囚の身で、敗戦下、このような運動会を異国の空の下で迎えようとは……。まして、内地にいる者からは、とても考えられないことだろう。しかし現実には、長短の距離競争《ランニング》をはじめとして、走り高跳びや、はてはパン食い競争など、色とりどりの競技が展開され、来賓席には、いつの間にか現地居留民の顔も見られるようになった。

また、この日、私にとっての小さな発見は、馬術一点張りと思っていた隊長が、幅跳びその他に、鮮やかな手並みを示《み》せたことだ。

こうして、一日の運動会は盛会の裡《うち》に終わった。そして、また次の日から、申し訳ばかりの使役のため、外界との往復が始まった。

課外活動《サークル》のうち、とりわけ活況を呈していたのは、演劇部門と言えよう。俄《にわか》台本作者あり、衣裳係（在留邦人からさまざまな衣裳を借りだして）・舞台装置係（看板屋・ペンキ職人が中心）ありで、なかなかのもの。そして舞台も、どこでどう都合したのか、太い巨《おお》きな角材を横につらね、高さもちょうど観《み》よい位置に拵《こしら》え、その上、引幕も付くという凝りようであった。そして肝心の演《だ》し物はといえば、新劇と旧劇の二本立てで、特に後者のそれは〝大利根月夜〟と題して、股旅物に類したものであったが、野天の舞台には格好の利《と》鎌《がま》の月が皓々《こうこう》と照らしていて、演し物をいっそう引き立てた。

兵隊たちの、こうした自作自演の演し物のかたわら、隊の幹部も、兵隊たちの将来の一助にでもと思ったのだろう、ちょっとした講座物も開講。その中には「農業」というのもあり、それを受け持ったS中尉は東北出身の鉱山師《やまし》ということであったが、話の中に〝濁酒《どぶろく》の作り方〟や〝灸《きゅう》の話〟まで織り込んでの、熱の入れようであった。

7　筧橋作業隊

こうして昭和二十年も暮れ、昭和二十一年の元旦を迎えた。

捕虜の身とはいえ、外界との接触が個人的に自由でないというだけで、取り立てて不便であったり、精神的に束縛を受けるといったこともなかった。元旦には、形ばかりの頭《かしら》づきの肴《さかな》と冷酒も出て、少しではあるが正月らしい気分も味わうことができた。

そのうち、どこからともなく「復員も間近に迫ったらしい」という、多分に兵隊たちの願望も加わっての噂が、所内に拡まりはじめた。

一月八日のことである。

この日、久しぶりに私は、前夜から衛兵勤務についていた。そして夜も白み、衛兵下番近くになると、どこからともなく、また新しい情報が流れてきた。

「筧橋《けんきょう》作業隊の交代があるらしい」

——と。そして、それが「きょう明日にも知れない」というのだ。

鉄道輸送その他の関係で交代が延び、ふた月前から派遣されていた作業隊と、早晩、交代があるということは考えられていた。しかし、少しでも延びればいい。（ひょっとしたら、作業隊の交代もなく、先遣隊が引き揚げてくると同時に復員命令が出て、そのまま還《かえ》れるかも知れない）——と、誰しも自分に都合のいい望みを持っていた。

そうしたなか、私が衛兵を下番して内務班に落ちつき、さて、これから前夜の不眠を取りもどそうとしたとき、噂は噂でなく、真実となって現われた。

「十三時までに出発準備完了。十四時、筧橋に向かって出発！」——と。

ただちに本部をはじめ、各隊からの人員割り出しがあった。私たちは昼食を済ますと、身のまわりの品もそこそこに広場に集まった。そこにはすでに、約ふた月前から先遣隊として作業場に赴いていた一隊が、解散するばかりの態勢で待っていた。私たち交代要員は、それと入れ替りに、幹部の訓示を受けて嘉興駅に向かった。

そして、何時間か無蓋貨車に揺られたのち、杭州に近い一小駅に降りた。着いたときはすでに陽が落ちていて、ホームの裸電球が鈍い光を地上に抛《な》げていた。

私たちは、生あたたかい空気の中を、引きこみ線路沿いに目指す方向に歩いた。途々《みちみち》、どんなところに収容されるのかと気遣ったが、現場に近づくにつれて、遽《にわ》かごしらえの仮屋《バラック》がいくつも並んでいるのが目についた。直感的に、それが自分たちの寝起きする所と知った。われわれは戸外で携行の飯盒めしの食事を済ますと、それぞれ割り当てられた仮屋《バラック》に入って、第一夜を過ごした。

起床は、七時。

朝食を済ますと、舎前《しゃぜん》に集合。円匙《えんぴ》（スコップ）・モッコ・天秤《てんびん》・十字鍬（ツルハシ）など、器材を舁《かつ》いで現場に向かう。

広い平地をだいぶ行った所に、いくつかの小山がある。それが私たちの、これからの作業の標的であった。すなわち、これら大小の砂丘一個につき何名と人員を割り当て、「航空機の滑走に便ならしめる」ためにと、日を限っての命令であった。この日から、作業は八時半開始。一時間につき五分間の小休止。午休《ひる》みは、現場での昼食を含めて三十分。十六時半終了——という規則《きまり》であった。

見渡せば、かなた向うに格納庫らしいものがあり、その近くでは、目下何やら工事中の様子。滑走路では、かつてのわが国の爆撃機を改造したものであろうか、青天白日旗を描いた航空機が時折発着すると、そのたびに地上の小さな建物から小型の機動車が飛び出し、人びとを忙《せわ》しく送迎するのが見えた。

一方、私たちが総掛かりで立ち働いている砂丘での作業の有様を、もしも一つの地点から遠く見渡したとすれば、それはちょうど、黒砂糖に取りついている蟻の群れを想わせたことだろう。兵隊の姿も、一か月を過ぎたこの頃では、頬《ほお》かぶり姿に、中には髯《ひげ》を蓄わえる者もあって、どう見ても人夫そっくり。そんな風態に身を窶《やつ》しながらも、ひとえに復員の日を待ち侘《わ》びた。ひと盛《も》りの玄米飯に僅かの菜《さい》——そんな給与に舌鼓を打つ毎日であった。

私は依然から脚気気味のこともあって、嘉興にいたときから、本部のS中尉の「灸《きゅう》」励行の話に従って、ずうっと〝全身の灸〟と〝三里の灸〟を続けていた。しかし、〝全身の灸〟は、腰部八個所その他に据えるため、人手も借りなければならない。そのため、筧橋に来てからは、〝三里の灸〟のほかには、頭の天辺に一個所据えるだけにとどめた。

敗戦のこととはいえ、軍隊に来て灸を据えることなど、全く思いもよらないことであった。しかし、勧められるまでもなく、子供の頃よりの祖母からの影響もあって、灸の効能を深く信じていた私は、作業場から戻ると、特に誰が希望したというわけでもないのに、本部からの配給品の中に線香とモグサがまじっていたの

を幸い、殆ど欠かさず根気よく据えつづけた。また、据える希望者がいれば、その手伝いもした。余り丈夫でない私が、曲りなりにも休まないで作業を押し通すことが出来たのも、その功徳のためか。

作業隊にいて、何よりもいちばん待たれるのは、もちろん、

「作業中止！　嘉興に向け、帰営準備」

という命令の、一日も早く出ることである。

それゆえ、この情報を伝達する本部からの連絡の来るのが、何よりも先決であった。そして、その次に待たれるのは、七日にいっぺんの割合である糧秣受給の際、序《つい》でにもたらされる僅かな饅頭とタバコである。それは、ほんの申し訳程度のものではあった。しかし、来る日も来る日も同じ菜っ葉めしを食べつづけている身には、この上もない慰めとなった。

本部から連絡員が来るとき、断片的ではあるが、ニュース関連の刷り物をもたらすことがある。そうしたとき、昼食時を見計らって、小隊長が、青空のもと、それらを読み聞かせることもあった。

二月上旬のことであったか。内外のいろいろなニュースにまじって、本国のこととして、

安倍能成が文部大臣に就任したという記事があったが、それは私にいっそうの時代の変化を思わせた。内地の新聞で私が目にすることができたのは、タブロイド版「読売報知」で、日付はたしか二月九日(?)、これが最初で唯一のものであった。

ここでの作業中、私が手にすることができた書物は、元通信隊長(明大出身)が持っていた岩波文庫版――徳富蘆花《ろか》著『みみずのたわごと』『古事記』『日本書紀』、そのほか阿部真之助著『人間と社会』、釈宗演講述『菜根譚講話』などであった。

また、この期間中、最も嬉《うれ》しかったのは、終戦後、父からの便りを初めて手にしたときである。二月半ば、青空のもとで昼食を摂っているとき、飯上げに行って戻ってきた初年兵が、序《つい》でに持ってきてくれたもの。一枚の粗悪なハガキに、

「帰りを、心から待っている」

と、見覚えのある手で記されてあった。二度目は、それから十日ほど経って、妻からのもので、

「東京の元の家は、罹災し……」

と、書かれていたのには、胸が塞がる思いがした。

二月中旬から、私たちの隊は、急に飛行場の入口に近い広場一帯の地均《じなら》しをすることに

なった。これはあとで知ったことであるが、旬日をでないで催される予定の、中国側観閲式の下準備のためのものであった。

当日になると、綺麗《きれい》に地均しされた会場には、紅白を張りめぐらした式台が設けられ、アメリカをはじめ、連合国側の国旗が翻っているのが見えた。

中国側をはじめ、各国の要人が上空から舞い降りた日から三日間は、通行遮断のため作業は休止。その間、遥か距《はな》れた地点からではあったが、その有様を作業隊の者も望み見ることができた。

「二月二十五日には、いよいよ嘉興へ向かって引き揚げ」——という情報が、急に四方に流れた。

「こんどこそ、確かな情報だ」

と、幹部も保証した。しかし、このことは、いつの間にか立ち消えとなった。

観閲式が終わった日から、天気は次第に悪くなり、連日のように雨がしとしとと降りつづいた。

三月の初めである。

作業隊の起居いっさいを管理している接管組科長＝陳《ちん》少佐は、雨上がりの朝、一同を一個所に集め、一場《じょう》の演説を行うことになった。通訳は日本人である。

軍用犬を連れた、でっぷり肥《ふと》った彼は、日本の小型西郷《ミニ》隆盛を思わせた。彼の演説は進むに従い、熱気を帯びてきた。

「……吾々《われわれ》は、日本軍を恐れてはいない。武装解除をした日本兵は、なおさらである。吾々が欲するなら、日本軍に対し、いかようにもすることが出来る……」

彼の演説は、通訳を介して語られるものではあったが、なかなか雄弁であった。

「かつての日本軍は、中国ならびに民衆に対し、いかなることを行ってきたか、吾々は知っている。しかし、吾々は、それを問わない。〝昨日《きのう》の敵は、今日の友〟である」

彼は、こう言って一息いれてから、改めて聴衆である多くの日本兵を見渡した。

「諸君は、この前の作業隊と較《くら》べると、見劣りがする。特に第一期の作業隊は、よくやってくれた。これは、隊長が直属上官であったから命令も一貫し、意志もよく疎通したに依るものと思う。こう言ったからといって、諸君が怠けているというのではない。最初のうちは、よくやってくれた。しかし、日が経つにつれて、天候も悪くなった関係もあって、効果が上がらなくなってきた。これではいけない。どうか、諸君も長くとは言わない。あと一週間たらずであるから、頑張ってほしい。実は、諸君のうちにも、作業が長引き、いつ自分たちは還《かえ》れるだろう——、あるいは還れぬのではないか……という疑念《うたが》いを持っている者もあるかもしれない。しかし、その点は、絶対に間違いはない。近い将来、必ず還れる。諸君のうちには、猜《うたが》いを挟んで（逃亡などという）——軽挙妄動に走る者が間々あるが、そのようなことのないように。諸君は、この一月末に帰《かえ》国れることになっていたのであるが、遅れた原因は、東北地区における○○関係が逼迫《ひっぱく》して、軍を同方面に多く送るため、一時、輸送機関を挙げて、その方面に向けたためである。しかし、今はその必要もなくなり、アメリカからの船も多数借りられるようになったから、諸君の復員は間違いない。なお、中国は、三月一日から向こう十日間の分に限って、将校千円、下士官・兵に対し五百円を支払うものである。すなわち、将校一日につき百円、下士官・兵は五十円である……」

——熱弁は続いた。

彼の演説に、余り期待していなかった私も、その真摯《しんし》な態度に衝《う》たれた。

彼は、日本将兵の敬礼に応えたのち、小高い砂利山を犬とともに降りていった。

陳少佐の話に励まされたか、多くの者は、前よりやる気になった。上層《うえ》からも、

「こんどは、晴雨にかかわらず作業続行」

と、いう達しが出た。

今までなら、当然休む雨降りの日も、やった。しかし、その後の十日間は、これまでにない酷《ひど》い雨降りで、一同のやる気を打ちくだいたばかりでなく、嘉興との間の列車の運休のため、食糧は来ず、残り二日分のそれを幾日にも食い延ばすという事態が起こり、作業を続けようにも、やれないことになった。そのため、酷い降りになると、一同は八時起床。その代り二食で、菜《さい》も塩か塩汁、または梅干。一同は、異境の苦しみを沁々《しみじみ》あじわった。

約束の一週間はとうに経ち、殆ど無為に過ごした。雨天つづきで、作業らしい作業をしていないから、むろん戻してもらえない。あれほど感激して聴いた陳少佐の演説も猜《うたが》われた。が、彼の言明したとおり、三月一日から十日までの分として、真あたらしい中国紙幣が支給された。

そうこうするうち、作業隊の一部は、杭州における道路補修や清掃を受け持つため、何名かは他の班の者と一緒に出向いて行った。一同は、いよいよ懐疑的になった。続けるはずの作業も、雨が降れば休んだ。その代り、二食であった。一同はやりきれない気持ちに

襲われ、自棄《やけ》ぎみになる者もあった。

嘉興にある本部からの連絡員が伝えた便りには、

「最悪の場合、作業隊の引揚げを待たず、上海に先発し、作業隊の後続を待つ」

と、あった。

8 帰郷

三月二十日になった。

一両日前から、また噂が流れた。

「作業隊は、いよいよ嘉興に引き揚げ、近々《きんきん》上海に向け出発する」

――と。

しかし、このような噂は、これまで幾たび起こり、幾たび消えたことだろう。

今日《きょう》は、陳少佐の話があるという。

連日の雨でぬかりきったところに、一同は集まった。しばらくして、陳少佐は例のごとく姿を現わした。

少佐は、一同に、

「明日、当地を引き揚げ、本隊のいる嘉興に戻るよう」

——と述べ、二か月あまりに及ぶ苦労を犒《ねぎら》う演説をした。彼の演説は、通訳とあわせて五分たらずで了《おわ》った。

いよいよ、本隊がいる嘉興に復帰する日が来た。黄昏《たそがれ》近くなって、苦しいなかにも数々の思い出のある宿舎を後に、駅へ向かった。田舎のことではあり、また、引き込み線に沿っての歩行でもあったので、道すがら物珍しそうに見送る者も僅か。筧橋駅に着くと、すでに一連の無蓋貨車が静かに待っていた。発車して、支線から本線に入る頃はとうに夜で、周王廟・斜橋・硤石・王店……と、聞き馴れない駅名が、鈍い灯《あか》りのもとに現われては、後方に消えていった。

嘉興における集中営での引揚げ準備も終わって、いよいよ上海に向かうことになった。その日は、あいにくの雨で、乗り物は相変らず広軌の無蓋貨車。進むにつれて雨足は、ますます激しさを増すばかり。私たちは、携帯天幕を出し合って頭上に展《ひろ》げ、お互いにそれを支え合って防いだ。

やっとの思いで上海の停車場に着いた。着いて少時《しば》らくは降りられなかった。仕方なく、貨車の上からホームの人の流れを見おろしていると、かつて馬取扱兵としてその轡《くつわ》を把《と》ったことのある隊長の姿が目に映った。その隊長も今は丸腰で、人ごみの中に中国側の将校を見出すと、それがどんなに歳若いそれであろうと、直立不動、最高の礼をもって対した。

上海に着いて一週間。待ちに待った上船命令が下った。

そのため、広場で中国側の私物検査を受けることになった。私たちがその場に着いたときは、検査が終わった部隊もあったし、まだ、引揚げを待つさまざまな服装をした在留邦人の姿もあった。

この日は、晴れあがった、麗《うら》らかな天気であった。

私も、他の者同様、露天商人よろしく、地べたに携帯天幕を展《ひろ》げ、その上に、私物・官給品――とり混ぜて並べた。靴・靴下・軍手・チリ紙・タバコ・白米・砂糖・塩・乾パン・牛缶・上衣・袴下《こした》・飯盒・水筒・外套《がいとう》・毛布・敷布・石鹸・携帯燃料……など。そして、展列した品物の中央に、終戦直後、奇跡的に内地よりの郵便で手にすることができた、留守宅よりの、妻子一同が揃って写っている一枚の写真を飾った。

一時は、中国側の検査があるというので緊張したのであるが、どうしたわけか私たちの場合は全くなかった。そのため一同は、それぞれの持ち物を取りまとめると、乗船地＝飯田桟橋埠頭を目指して行動を開始した。

その道筋は、かつて上海の馬部隊にいたとき、約一年の間、糧秣輸送のため、輓馬《ばんば》を挽《ひ》いて往復した所。その同じ道を、この日、こうした姿で帰国の途につこうとは。私は、すでに二年あまりの軍隊生活を体験しているとはいえ、体力のないことは相変わらずであった。四〇キロ近い荷物を背負っての行進は、骨身にこたえた。しかし、部隊幹部の配慮か、中国側の好意からか、とにかく、携行可能な範囲の食料と、いずれも真あたらしい被服を携えての旅立ちであった。

そして、一時間余りを費やして飯田桟橋に辿りつくと、二〇〇〇トンはあろうか、リバティ型の船体が横づけになっているのが見えた。

乗船したときは曇り空であったが、東支那海に、だいぶ航《の》り進んだ頃は、「天気晴朗にして、波静か」――といった表現がぴったりの上天気となった。

噂によると、終戦になっても、浮雷に触れて犠牲になった復員船も何隻かあったとか。

夜になって甲板《デッキ》に上がってみると、黙々と甲板を歩いている者、凝乎《じっと》、海上はるか彼方を瞶《みつ》めている者など、さまざまであった。

　乗船した翌《あく》る日、

「階級章を外すように」

　――との達しがあった。

　それも、これまでのように命令調でなく、誰言うとなく口コミ式に伝わってきたもので、私がちょうど甲板に出て、海を眺めているときであった。私は、淡々とした気持ちで、他の者と同じように、剥《は》がして捨てた。それでも中には、兵長の階級章をつけていた男のように、「こんなもの」と言って毟《むし》り取ると、海に向かって自棄《やけ》気味に抛《な》げ捨てる者もあった。

　一昼夜を過ぎる頃、船は済州島の沖合いを航行。島民が炭を焼く煙であろう、幾筋かの煙が、天高く、悠揚として立ち昇るのが見えた。

　空に向かって大きく口をあけている船艙を、甲板から見おろすと、そこにも兵隊がぎっしりつめこまれていて、かねて聞いた、大正から昭和の初めにかけ、着のみ着のままで南米などに赴いた移民の姿を私は想った。

　船は、朝鮮半島の南海上を、対馬《つしま》海峡へ。そしてそこを抜ける頃、船は山口県仙崎の港に入るらしいことが知れた。

私にとって、仙崎（現山口県長門市《ながとし》）などという地名を耳にしたのは初めてであったし、第一、どの辺にあるのかさえ分からなかった。

船は、ますます本土沿いに航進。その頃は、海の色も、これまでのくすんだようなそれでなく、濃紺のそれに変わり、さらに、それが陸地に聳《そび》える松の緑に照り映えて、いっそう私のこころを弾ませてくれるのであった。


四月二日、船は仙崎の突堤近くに錨《いかり》をおろすと、そこで一夜を送り、夜明けとともに兵隊は船を降りた。すると、全員、上陸第一歩の感激も束の間、人が変わったように、示された仮設の葦簀張り目がけて駆けだした。

その仮設場には、男女二人の係員がいて、そのうちの一人は看護婦で、消毒液を染みこませた脱脂綿で兵隊たちの片腕を拭《ぬぐ》うと、これも白い上っ張りを着た男が、前人にほどこした注射針をろくろく消毒をする様子もなく、各人の腕に次々と打ちつづけるのだった。

全身にＤＤＴの白い粉を振りかけられ、予防接種も済ますと、私たちは再び列を組んで小学校に向かった。途中、一人の巡査を見かけたが、上海市政府前での白人の颯爽《さっそう》としたスタイルでキビキビと交通整理をしていたそれを見た目には、日本の巡査がなんと頼りなく弱々しく思えたことだろう。また、路傍に立つ電柱に、選挙ポスターらしいものが貼《は》ってあり、ひょっとして総選挙でもあるのかしら——と思うなど、少しずつ内地に還《かえ》ってきたような実感も湧いてきた。

しばらく行くと、目指す小学校があった。校門を入り校庭の方に廻ると、何やら白い花が雑草にまじって、目の覚めるように咲いていた。そしてそこには、かつて天皇の肖像が納められていたであろう奉安殿が、元のままの形で残っていた。いくつかの注意を聞き終わると、私たちは割り当てられた教室に入り、各自の塒《ねぐら》を決めた。机・椅子を隅の方に積み上げた室内は暗く、わずかにロウソクの灯りが周囲《あたり》をゆらゆらと照らしていた。

夜が明けるにつれて、朝の陽光《ひかり》が窓ガラスを透《とお》して射しこんできた。奉仕の女子青年団が、炊事場で米を糴《と》いだり、野菜を洗うのに忙しいらしい。私たちは、朝食を済ますと、国旗掲揚場の前に堵列して、それぞれ帰郷先の切符と新円による僅かばかりの紙幣と貯金通帳、それから在隊中の足どりを誌《しる》した罫紙《けいし》を受け取ると、文字どおり自由の身となった。

私は、帰郷先を当初、妻子が住む信州にしようかと思った。しかし、上陸して全国被災地図一覧の掲示を見たとき、信州はそれらしい跡がなく、反対に、特に京浜地方のそれが甚だしく、殆ど朱色に染まっているのを見て、即座に東京行きの切符を申請し、入手した。汽車が出るまでには、暫く時間があった。私は引揚げ途中で眼鏡《メガネ》の片方を失くしていたので、まず何よりも先に、それを整えることにした。やっとのこと、それらしい店を見つけて内部《なか》に入ると、店内は昼なお暗く、商品らしい商品も見当らない。ようやくのこと、主人《あるじ》が見つけた玉を合わしてもらって外界《そと》に出ると、見るものすべてが鮮やかだった。

乗り換え駅の下関で何時間か待つうち、やっと順番が来て、東京行きの列車に乗りこむことになった。しかし、もうそのときはどの列車も満員で、仙崎から下関に来るまでの、清潔なうえに打水までがしてあって、空《す》きすきの座席であったのとは大違い。やっとのこと、連れの二人とともに洗面所に潜りこむことが出来た。

そして、広島近辺を走っているときであろう。汽車からの一望千里――夕映えを背に、焦《や》け爛《ただ》れた樹の幹が、次から次へ移り行く有様は、ことのほか胸を打ち心に染みた。

私は、連れの二人と品川駅で訣《わか》れると、環状線で渋谷駅下車。この辺りは戦災を免《まぬか》れたか、以前の姿をそのままとどめていて、なつかしくもあった。私は、私鉄＝玉川電車に乗り換え、三軒茶屋に向かった。

私は背中にしょった重い荷物を、昇降口に近い窓際に凭《もた》せて立っていた。そのため、目的の停車場に電車が停まったとき、降りようとしたがすぐには持ちあがらない。困っていると、近く立っていた女性《おんなのひと》が、リュックの底を押し上げ、かつぎ易いようにしてくれたので、「お大事に」という声を後に聞きつつ、やっと降りることが出来た。

電停近くの交番に行き、目指す所番地を訊《たず》ねた。警官は交番から数歩出ると、やけ払われて殆ど人家のない蜒々《えんえん》と続く一方の道筋を指し示しながら、何かと詳しく道順を教えてくれた。とりわけ、こういうことに鈍い私にはよく呑みこめなかった。が、行けばそのうち何とか解るだろうと、一礼して歩きだした。疲れた躰には、背中の荷がこたえたが、それでも間もなく家族たちに会えるのだと思うと、爪先にも力が入った。

これはと思う町の一角に入ると、家並も一段と揃って落ちついて見えた。それでも焼夷弾を落とされた所が、ところどころ空地になっている所もあり、心が安まらなかった。

ひょっとすると、掘っ立て小屋か防空壕の中から、惨《みじ》めな姿で家族が現われるのではないか――と、不安の心はますます募るばかり。

そして、やっとのこと、比較的真あたらしい平屋建ての家の前に行き着くことが出来た。その家の小造りの門柱には、

「藤代仙造」

と、見覚えのある筆遣いで記されている父の四文字があった。

第1図　（河南省）焦作

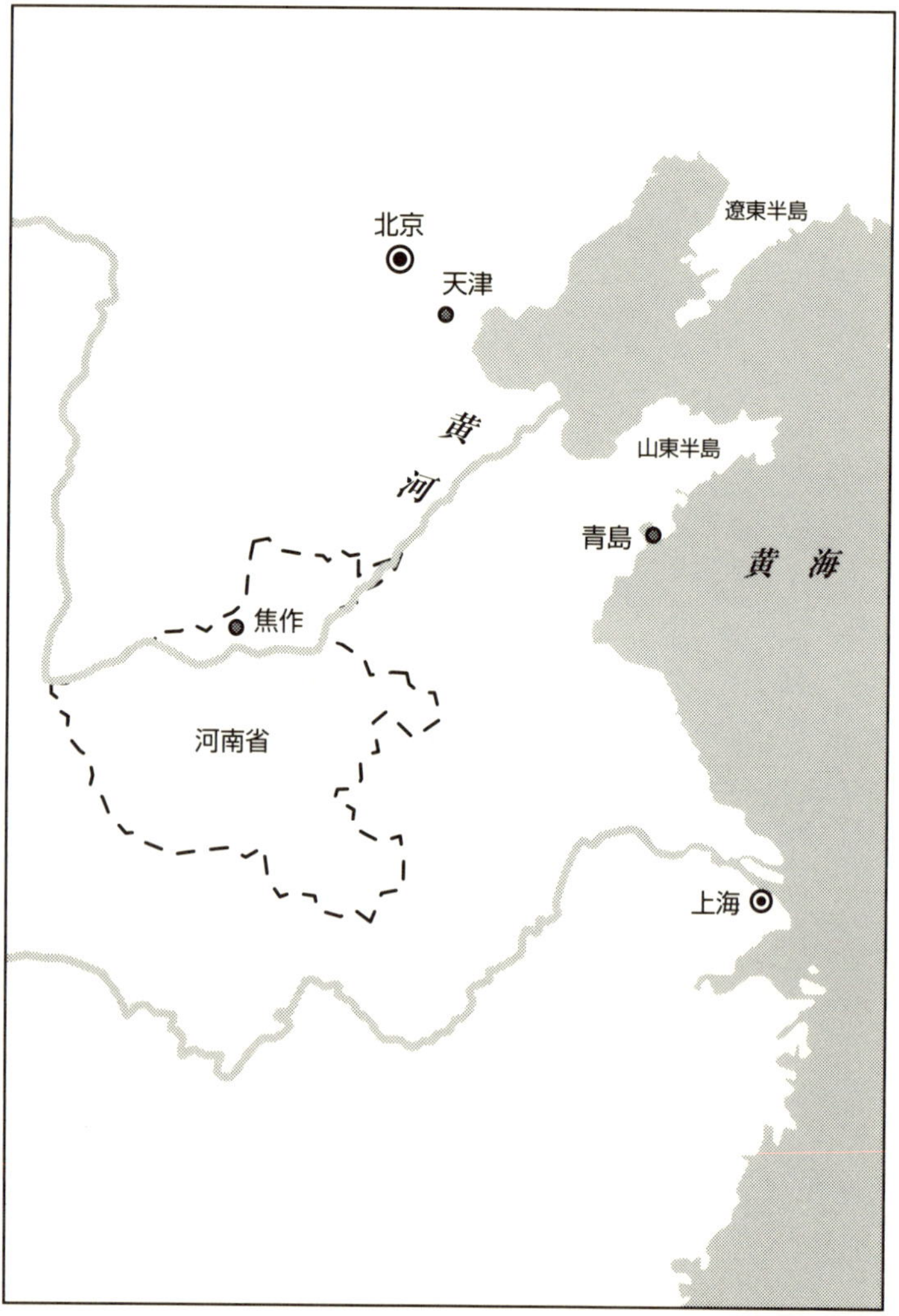

第2図　上海・蘇州・嵊県・慈谿・杭州・嘉興

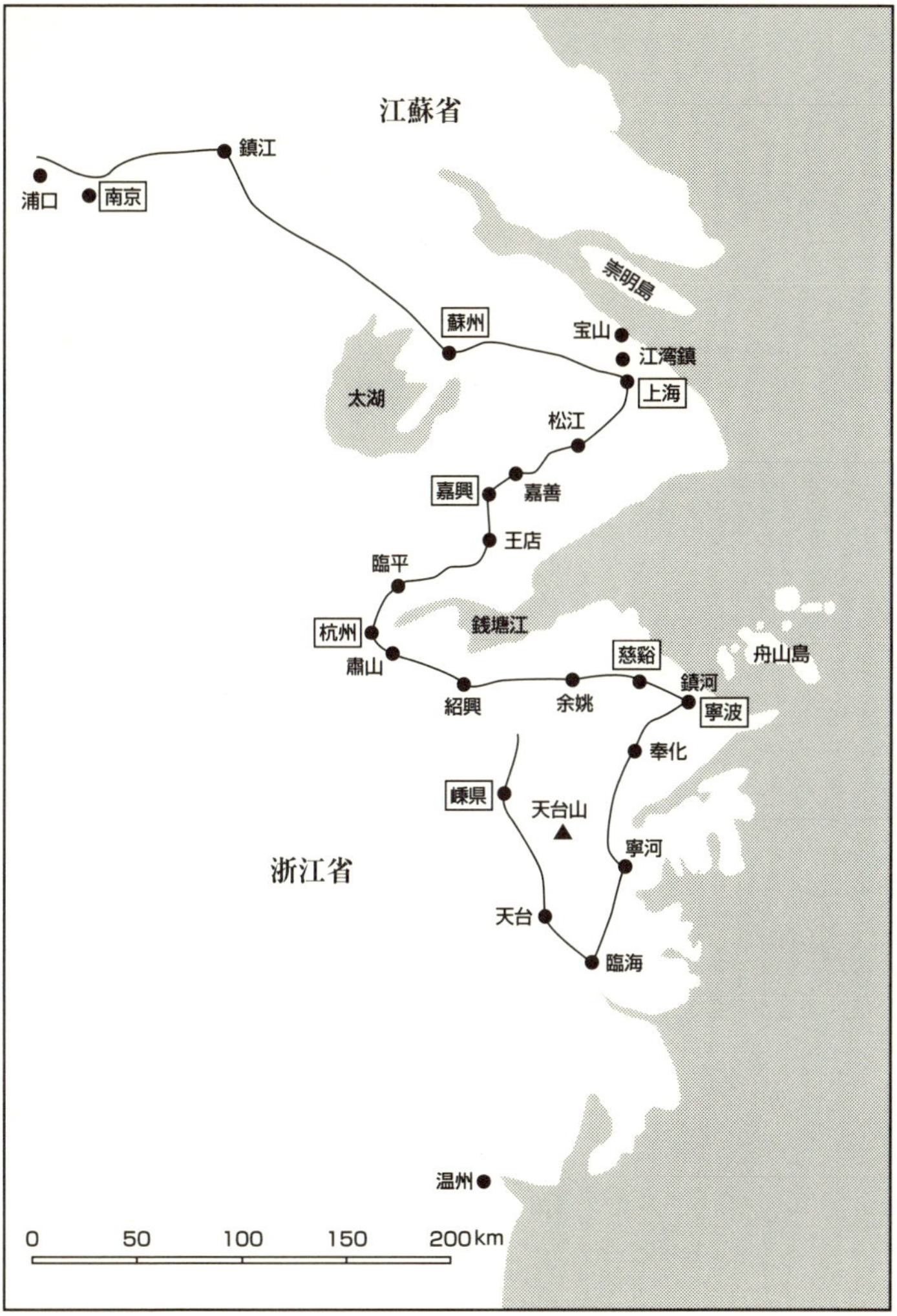

嘉興歌日記

第一部

停戦後、私どもが、華中の駐屯地――浙江省Gという所を引き揚げ、蕭山というところで武装解除を済ませてから、復員の日まで、宿営（集中営）することになったのは、杭州と上海のちょうど中間にある嘉興という町である。

ここの元日華合弁による華中蚕絲公司という、兵営としては、決して粗末でない社屋に起居して、ひたすら復員の日を待ち侘びたわけである。

この嘉興という町は、かの有名な隋の煬帝が築いた所で、人口も万を数え、華中蚕絲公司と隣り合って立派な公園もあり、私たちは閉鎖されるまで、橋ひとつ渡って、よくここに遊戯をしに行き、また、将校などの野外講演を聴いた。

私らの一個大隊が、ここに集中営したのは、昭和二十年九月末から、翌三月二十六日までである。この間のいろいろの思い出は、筆紙にはちょっと尽くせない。

私は、一日、H中尉という大隊本部の将校に呼ばれるまま、彼の元に出向いた。

すると、同中尉は、私に、

「こんど、大隊に文芸部を設けるから、ひとつその仕事を手伝ってくれ」

ということだった。

私は、その仕事の性質が分からず、引き受けるのをためらったが、とりあえずやることにした。

入隊以来、こうしたことに対する関心の薄れていた私は、また勃然《ぼつぜん》と身内に湧《わ》きあがってくるのを覚えた。

比較的暇がある合間を見て、私の駄筆はワラ半紙の上に走り、幾つかの小品・随筆、それから作ったこともない歌などを思い浮ぶまま書きつけてみた。

そして、私は、これらのお粗末なものを綴《と》じ合わせ、何よりも大事に蔵《しま》っていたのであるが、昭和二十一年四月上旬、復員するに際しては、文章は勿論、一行の書かれたものさえ、持つことを許されないという始末。残念であるが、私は、それらを心と頭の片隅に蔵っておくことにして焼却し、引き揚げてきたわけである。

まずいもので、とうてい歌の体をなしていないものであろうが、当時の集中営生活におけるいつわらない感懐の発露として、読み流してもらえたらと思う。

以下は、凡《およ》そ、昭和二十年十月中旬から、二十一年一月上旬までに作ったものである。

（以下、順不同）

世の中は変りしものぞ大学《がっこう》を
追《お》はれし教授《きょうじゅ》、皆《みな》呼び返されぬ

西垣部隊の発《た》ちし後《あと》
小山軍医の俳句の講座《はなし》をきけり

（西垣部隊というのは、同じ華中蚕糸に集中営していた部隊。これが、急に上海方面に移動することになって引き揚げて行った階上で、その時、行われたK軍医の俳句の話というのを聴いて詠《よ》んでみた歌）

俳句とは、季が無ければならぬという
季のない俳句われは作らん

（K軍医の俳句の話をきいた直後、作ったものである。かく力んでみたものの、やはり、季の無い俳句は品位に欠《か》け、単に文字を十七字並べたというだけ。一種の川柳・短句（詩）に堕したものというべきか――。作例後掲）

兵隊は、子供なりけり甘《あま》きものに
　蜜のごと集《つど》い寄《よ》せくる

教員にあくがれなれざりし
　吾子《あこ》をよく育ててみんと思う

曾《かつ》ての陸《くが》の大臣《おとど》、陸続《りくぞく》と
　巣鴨拘置所につながれぬ

（荒木大将らが拘引さると、聞き――）

来る日も来る日も芋汁かな
　　敗戦兵のきようのあはれさ
（後には、だいぶ、改善されたが、十月前後は、本当に毎日、そうであった）
箸取《はしと》るごとに思うかな
　　内地《くに》の人々《ひとびと》いかに過《す》ごすか
（少し気取ったようで気が差すが――それでも芋汁とはいえ、メシは食器に充分あったし、そう乏しいという程でなかった）
S中尉の農芸学講座《はなし》をきき乍《なが》ら
　　石川翁の書《ふみ》、思い出しぬ
（註―石川翁の書とは、一ト頃、喧伝された秋田の農聖――石川翁著す所の「石川翁農道要典」―

――。S中尉とは、やはり、東北出身の人で鉱山技師であるが、この方面にもなかなか明るい実際家。おりおりヒマを見て吾々に農芸上のいろいろの話をしてくれた人――。味噌、醤油、甘酒の作り方も教えてくれれば、お灸の話、着物の整理洗濯法も伝授してくれるといった奇徳人。私はこの人のおかげで、大のお灸礼賛者になった一人)

啄木の歌にあくがれ、作れども
　その調《しら》べだに出《で》ぬがかなしき

摂理《せつり》とは、聖《よ》き言葉《ことば》なり
　吾れ、その実在を信ず

(これは、一断章――破格である)

めぐり来て「婦人公論大学」の
　世――とは、なりぬ

（註―「婦人公論大学」とは、昭和初年頃、中央公論社より発行された美麗な黄や赤の装釘《そうてい》二十四冊あまりの講座ものである）

世の中は、なぜにか程に五月蝿《うるさ》きか
　仏の顔のなんとすずけし

（これは、杭州の有名な寺――海潮寺というのに約一か月余、滞留していたとき、その静謐《せいひつ》な寺の境内の一隅に鎮座していた五百羅漢の柔和な、取りどりの木造仏を思い出しての「落首」臭い詠嘆）

還《かえ》りなば、いかに迎えん妻子《つまこ》らは
　思うはたのし、何よりも先ず

「旭光」と「ちから」とは
　わが国力のバロメターでもありき

（大陸にいた兵隊でないと、これは、ピンとこないであろうが、「旭光」と「ちから」というのは、吾々が日常、軍から喫煙用に支給されていた軍用のタバコで、兵隊にメシの次に愛用されてきたタバコであり、殊に「旭光」は、その品質においても、中国タバコより数等優《まさ》り、中国民衆からも珍重されてきたものであり、これを地方に流せば、相当の値で買われた。だから、小遣いに窮した兵隊らはひそかに、これを中国紙幣と交換し、また、物々交換をして、通貨以上に、それを流用した。おそらく兵隊に限らず、このタバコを嗜好品という以外に、その効用性（?!）を利用した者も少なくあるまい……。

それゆえ、敗戦に傾き、吾が国が衰えだすと儲備券は、日に日にその価値を減じ、一個のタバコ「旭光」は、百ドル、二百ドル、五千ドルなど、恰《あたか》も吾が国力の低下を裏書きするように価値を増し――反対に紙幣は、紙屑同様凋落していった……）

「旭光」と「ちから」とは、幸《しあわ》せなりき
　兵と将とに、ただ愛《あい》されぬ

タバコ「旭光」と「ちから」は
　何よりも兵隊の友《とも》

一本のタバコの美味《うま》さよ
　兵隊ならで、誰か知るらん

想い出の数々よ、それは〃旭光〃の
　煙《けむ》りにも似て、儚《はかな》かりし

（右四首――タバコ「旭光」讃歌）

競争は、爽快《すず》しかり
　リレーの選手、次々とバトン渡しぬ

跳躍は、美《うつく》しかり
　サッと躍《と》び、すいと躍び降《お》りぬ

吾も、また、選手らのごと
　筋肉と体力が欲しと思へり

（以上、三歌は〝運動美〟讃歌である。これは、十一月三日明治節をトして行われた大隊の運動会の時の実感。
このときは、本当に俘虜という身を忘れる程、伸々と会をやり、満喫した日。従って、次の歌も出たわけ――）

きょうの日をかく楽しくも過すとは
　家郷《くに》の者どもツユ思うまじ

復員のこともしばし忘れて
　野球に打興じぬ、兵らはみな

（中隊対抗、大隊対抗など野球も盛んに行われた。うちの大隊にも、亡くなったが、N大のN選手というのもあって、なかなか好い試合をやった。
きのうまで銃剣を把《と》った兵隊も平和となれば、こうも素直に、ボールが遣り取り出来るのかしら
と、今さら、日本兵の、日本人の柔軟性を再確認し、頼もしく思った次第である）

四年前《とせまえ》のきようは、検閲行軍の
　終りし日なり。目覚めて、フト思いぬ

（別の歌――五年前のきょうは、県庁に辞表を出せる日なり）

不寝番は楽しかり。続々と
　インスピレーションの湧《わ》く日なり

人知れず営庭を駈ける者あり
　体力増《ま》さん、秋の夜の月

（あとで判ったが、福島県出身の五十過ぎの主計准尉で、よく夜の点呼過ぎ誰も居ない広場で、月光を浴びながらマラソンをやっているのを見かけた）

独学者と学校出の差異《ちがい》は
　抱擁力と体系の多寡《たか》なり

（これまでは、大体において、そう言えたと思う。しかし、これは、吾が国の環境がいけなかったので、社会がアメリカのように独学者、貧しい者にも等しく門戸を開き、等しく研鑽の自由を与えるなら、かような偏狭なこともなくなるであろう……）

闇《やみ》でも字は書けるものなり
　ペンを走らす兵なる吾《われ》は

（消灯後、フと想い出す。それを紙に……）

給与も、ドッとよくなり
演劇《げき》に咲く昨今かな

（菜には肉や、変わった野菜も入るようになり、正月を期して行われる大隊の演芸大会を目指して、各中隊それぞれ脚本にセットに演技に妍《けん》を競って、その話に持ちきりの情を歌ったもの）

第二部

父ちゃんは、何等兵か子の便《たよ》り

（これは、停戦一か月前あたりに、次男から父ちゃんは、何等兵ですかと痛いところを詰問（?!）してきた時の実感）

兵隊も急《にわ》か脚本家となり

（一時、大隊は、演劇熱で持ちきりであった）

三日月《みかづき》を背に、剣劇を観る嘉興かな

（これは、ちょっと前述したが、出発を二、三日後に控えた、同じ宿舎の西垣部隊が、出発の別れのため吾々に芝居を観せてくれたときの実感。一人――、横浜××座の座頭をしていたとかいう、本職はだしの名優がいて、吾々を堪能させてくれた――。ちょうど、利鎌のような月が懸っていて、演題――「利根の朝霧」という三尺物を観せてくれたときの感慨は、今も忘れない）

兵もみな、ドッと座方《ざかた》の芝居かな

アチコチで奇声発声する内務班

（右二つ、いずれも演劇熱が大隊を風靡《ふうび》したときの実感）

部隊長も一寸出《で》て点数《てんかせ》儲ぎ

班長も美技を演じるパン食い（競争）かな

（右二つ、明治の佳節に盛大に行われた部隊運動会の点描）

歩哨で鍛《きた》えた脚《あし》で守衛となり

（――こと程、停戦までは、衛兵には、よく使われた――。そして、復員後の自分の或るポーズを空想してみた）

昨今は、晴耕閑読《せいこうかんどく》、嘉興かな

使役《しえき》にと、吾れ先に出る嘉興かな

（——、という程、一時は楽で、運動不足の缶詰生活に悩まされたもの）

閣下の値打も下《さ》がる二十年

（本当に閣下・将校の急に下落した昭和二十年ではある）

宇垣出で、近衛なき政界かな

（近衛公が憲法取調御用係とかいう職名に就き、貴院に顔を出さず、代って、宇垣さんが例の長岡の温泉から、ちょっと這い出して、時局談をやり、一時、世間の注目をひいたとかいう記事を目にし、浮んだ句）

タバコは、健康のバロメーターなりき

（こんな真理（?）も体得した）

雲のごと、あとあとと湧く詩想かな

雲のごと、詩想の湧く嘉興かな

（こざかしくも歌うかな。が、実際、こんな句も口をついて出る程、たのしいひと時もあった）

朝日より清浄なものなしと思う
　人は云え、吾れには固き信念《こころ》あり

（右二つ「断章」――）

尿《いばり》する莚《むしろ》の影や、後《あと》の月

冬近し、家郷《かきょう》のことが思わるる
誰よりも初日を拝《はい》す歩哨かな
（右、俳句らしきもの三つ——）

勝ち敗《ま》け

清水仙吉は、終戦の翌年――昭和二十一年四月に、中国大陸から復員した。彼はそれまで、戦友たちが上陸後の身の振り方、それも、おもに就職のことであるが、どうしていいか思い悩んでいるときも、彼は、かつての職場である新聞の編集の仕事に――といっても、それは読書レビューを主とした週刊紙のそれであったが――復帰できるものと一人我点《ひとりがてん》していて、余り気にもとめていなかった。

ところが、東京に着いて、どうやら気分も落ち着きかけたので、旧職場に再就職の打診に行ってみると、予想していたのとは全く情勢が変わっていて、それはすぐには不可能なことが分かった。つまり、彼の属していた編集部の母体であるN出版協会は、戦時中、統制団体であったため、敗戦の月の八月三十一日付で解散となったので、当時の職員は一応全部、解職となっていた。それでも、暫《しばら》くしてから、以前のN出版協会は新しい組織のもとに再編され、そこの機関紙でもある週刊紙も、半ペラの一枚新聞ではあるが復刊されていて、元のように書店や駅の売店にも顔を見せていた。

彼は、かつての盛況を胸に畳みながら、できたら応召前の職場に復帰したいものと旧知の編集長のTに、それとなく当たってみたが、仙吉よりずっと早く復員してきた者（その中には、後で知ったことではあるが、後年、〝眠狂四郎〟などで時代小説界に一大旋風を巻き起こすことになるS・Rもいた）や、二、三の新顔も加わっていて、仙吉の復帰は、殆ど見込みがないものとなった。そのため彼は、一応、そこへの復帰を断念《あきら》めて、どこか適当な所があったら——と、Tに就職の世話を頼んだ。そして、何度か足をはこぶうち、照会してくれた所が、有楽町のM会館の中にあるJ・A通信社という名の会社であった。とにかく彼は、ここの出版編集部の一員となった。

M会館というのは、有楽町の日劇ホールの裏手にあり、隣が毎日新聞社で、J・A通信社は同社とは棟続きにもなっていた。かつてN週刊紙の一編集部員であったとき、週に一度は、大組みその他で一日中、詰めきりになっていたので、その辺の勝手は十分知りつくしていたし、また古巣に戻ってきたような安堵《あんど》感もあった。

J・A通信社というのは、このM会館の三階にあって、同じ階層に、当時、その斬新《ざんしん》な企画のため、なかなか人気のあったS写真新聞社もあった。

通勤しているうちに知ったことではあるが、このJ・A通信社の幹部級の人たちは、終戦までM新聞の中枢にあり、従ってその責任を取り、その地位を去った人たちばかりであった。彼のように操觚《そうこ》界に全く不案内な者でも、そのうちの何人かは、何らかの形で、その名前ぐらいは聞いたことのある人たちであった。

彼が所属したところは、この社の本業である日刊「日米通信」の副産物ともいっていいアメリカ事情を主体とし、それに欧州の、それも多分に加味した読み物を内容としたタブロイド版「JAウィークリー」の編集部であった。編集部のスタッフの一人に、後年、婦人評論家として名をなしたY・M女史もいた。仕事の性質上、語学力を最も要求されるところだが、そんな力は蚊ほどもない仙吉は、毛のはえかかった補助者《アシスタント》の一人にすぎなかった。

「ウィークリー」の編集長は、M新聞の学芸部長だったという温厚な人柄のK氏。スタッフは、前述のほかに三人いたが、その一人に杉本という五十年輩に近い人がいた。杉本氏は、どちらかというと小柄で、彼のような若輩に対しても角《かど》ばらない温厚な人柄で、彼にもよく話を持ちかけた。

杉本氏が三十代半ばでH新聞の千葉支局長をしていた頃、その支局は千葉県民新聞社からは、そう遠くない所にあった。その時分、支局の前通りでは下水工事が行われていた。その工事をやっていた人夫の中にGという若者がいた。杉本氏は、どういうキッカケであったか、このGと知り合いになった。この工事が終わってからも、付き合いが続いた。Gは、当時、中央大学の夜間部に通っていた。卒業してから、県庁近くの交番の巡査となり、それから何年もしないうちに、難関の高等文官試験に合格。その後、Gは某県庁で、かなりの地位に就いたことなど……仙吉には全く関係のないようなことも、当時を慕《なつ》かしむかのように話すのだった。

こうして語り合ううち、杉本氏がどういう経歴の持ち主であるのか、およその見当はついた。数年前、朝鮮に渡り、終戦の時は京城にある有力邦字紙の一つ「C日報」の編集局長を務めていたが、敗戦により情勢は一変、多くの在留邦人同様、幾多の苦難をなめ、身ひとつで引き揚げ、今は京成電車の沿線にある農家の一室を借りて、妻女との二人暮しをしているという……。

一日、こんなことがあった。

やはり、むかし取った杵柄《きねづか》と言おうか、杉本氏は手馴れた恰好で、記事の割りつけを編集室でやっていた。その記事というのは、イタリヤ前首相ムッソリーニとその愛人の二人が、民衆の怒りを買って、路上にさかさ吊りにつれている曰《いわ》くつきのそれと、旧ナチスドイツのユダヤ人迫害やゲシュタポの暗躍を伝える生なましい記事のそれであったが——それらを手際よく案排《あんばい》しながら、

「清水さん、あそこに立っている業務部長のKね。実は、彼がここに僕を世話してくれたんですよ」

と、まだ物の不足しているときで、一つの机を二人で共有している仙吉に、そっと私語《ささや》くのだった。

仙吉は、どの人が業務部長なのか、迂闊《うかつ》にもまだよく知らなかったので、それとなく部屋の奥手の方を眺めると、それと思われる人物がタバコの烟《けむ》りを燻《くゆ》らしながら、誰やらと立ったまま話しこんでいた。小肥りで、一見、精悍《せいかん》な感じのする男だった。

「こんなことがありましたよ。まだ、僕がH新聞の社会部にいた頃、彼は大学を出てぶらぶらしていたのを、僕の紹介で社の記者になり、たまたま僕のところに机を並べたわけです。彼はいまでこそ経理や業務畑を歩いているらしいけど、その頃はなかなかの文学青年でしてね。僕もその道はもともと嫌いではなかったし、同じ大学の後輩ではあるし、何かと気が合って、よく酒も汲みかわした仲でした。それがあるとき、僕の机の抽出《ひきだ》しをあけてみると、三十枚くらいの原稿が入っているんですね。なんだろうと思ってみると、彼の創作なんです。それで、僕もなんの気なしに読んで、その読後感を付けて、黙って彼の抽出しに抛《ほう》りこんでおいたんです。そうしたら、三日も経ちましたかね。いきなり僕のうちへ速達をよこしましてね。〃あの批評は何だ。あなたには、公私ともに世話になったが、考えるところがあって退社する。これきり、あなたとは絶交する〃――と、まぁ、こういう意味の内容なんですな。僕も、予期しないことなんで面くらいましたね。思ったことを、あまり率直に言ったのが勘にさわったらしいんだが、日頃の付き合いではあるし、まさかこれほど、彼の逆鱗《げきりん》にふれるとは予期しませんでした。それきり、彼はよその新聞社に変わるし、殆ど会うこともなく過ごしたわけです。そして、こんど僕は朝鮮から引き揚げてきて、ひょんな巡り合わせで、背に腹はかえられず彼に就職を依《たの》んで、こんにちに至ったわけですが……」

と言って、「まぁ、僕の敗けですな」――と。

こんな話を聞いてから、彼はよけい杉本氏に親しみを感じて、彼が中国大陸から復員して以来、粗末なノートに書きためておいたものを杉本氏に見せて一読を請うた。

杉本氏は「拝見しました」と言って、そのノートを返してくれたが、上手《うま》いとも下手《へた》とも言わなかった。ただ、傍《かたわ》らにいた女の助手《アシスタント》のC子が、「わたしも、ついでに読ませてもらったわ。一つだけ、ちょっと好《い》いのがあったわ」と、その場を繕うように言ってくれただけであった。

が、こんなこともあったので、杉本氏も、仙吉が多少、文学に関心を持っていること。そして特に今は、彼が掌篇式のコントというものに興味を持って、その習作を試みていること。また、コントについては、現在のその愛好家を集めて、それに関連した機関誌などを発行し、そのグループの主宰者にもなっているT氏のもとに出入りしていることも、知ることが出来た。

こんな経緯もあって、二週間もしたろうか。杉本氏は、

「清水さん、あなた、こんどT氏に会ったら、僕の小噺《こばなし》を集めた物を、そっくり引き取ってくれないかって、先方に訊《き》いてみてくれませんか。T氏なら多分、僕の名前ぐらい知ってくれていると思うんです。引き揚げてくるとき、殆ど着のみ着のままの状態だったんだが、僕の小噺を集めたのが約十冊近くあるんで、こいつだけは後生大事にリュックに詰めてきましてね。そのまま家に置いてあるんですよ。たとい幾らでもいいから、引き取ってくれるとありがたいと思いましてね」

と、軍隊からの横流し品であろう――カーキ色の半ズボンに、同じくカーキ色の開襟シャツを着た杉本氏は言うのだった。

仙吉は、その杉本氏言うところの小噺集というものの現物は、まだ見ていなかったが、

しかし、この話は信用してよいと思って、さっそく次の日曜日に、都下、三鷹に住むT氏の宅を訪ねて、杉本氏の意のあるところを伝えてみた。ずっと以前、H新聞社の文芸部長をしていた杉本氏と言ったら、T氏も暫く考えていたが、思い出して、

「ああ、あの人の本なら二、三冊ぐらい僕の所にもある筈です」

と言ったが、杉本氏の希望については、実りある返事を得られなかった。が、杉本氏が仙吉と同じ部屋で机を分け合っていると聞いて、ちょっと驚いた風だった。

それから一か月もしたろうか。

杉本氏が、バッタリ社に姿を見せなくなった。編集長は、その事情をはっきり言わなかったが、事情があって杉本氏は急に社を辞めることになったといって、その話には余り触れたがらなかった。正式に辞めるのなら、そのうち挨拶ぐらいには見えるだろうと思っていたが、それらしい様子もなかった。

が、暫《しばら》くして仙吉のところに杉本氏から、事情があって社を辞めさせてもらうことにした。急のことで誠に申しわけないが、一身上のことで辞めることにしたから悪《あ》しからず諒承してほしい。いずれ事情は、お話できるときもあると思うから、その時までそっとしてほしい——という意味のハガキが届いた。

杉本氏が思いがけなく退社していったので、編集の仕事はそれだけ忙しくなった。週に一度の千葉通いは、相変わらず編集グループの行事の一つとなっていた。しかし杉本氏を欠いた千葉行きは、同行の女助手《アシスタント》が一人増えたとはいえ、仙吉に一抹の淋しさを与えた。ことに大組みのため作業が晩《おそ》くまでかかって、千葉県民新聞社の印刷所から国電千葉駅に徒歩で向かう途中の、戦災でいまだに荒れ果てたままになっている夜道を歩いているときなど、その想いはひとしおであった。

週一回、十何回目かの千葉通いのある日、千葉県民新聞社の廊下で、一枚の貼紙《はりがみ》を目にした。それも、ただの貼紙ならそのまま見すごして通り過ぎたであろうが、そこに〝前田河廣一郎〟の名前を目にしたからだ。それには、

社　告

〇〇　〇〇

〇〇　〇〇

右之者　退社ヲ命ズル

昭和二十一年〇月〇日

社長　前田河廣一郎

と、あった。

前田河廣一郎といえば、プロレタリア文学にはおよそ不案内な仙吉でも、「三等船室」などの作品で一時期、盛名を馳せた作家であることぐらいは知っていた。その独特とも言える氏名から推《お》して、同名異人とは思えない。

同社では争議に似た内紛のようなものがあることは、予《か》ねがね聞いていたので、その現われの一つがこれであるかと、かつてのプロレタリア作家のそれと、たとい地方の一新聞社の社長とはいえ、同名異人でない限り、社長として名をつらねているその取り合わせを奇異に感じたりもした。

こんなこともあったりするうち、仙吉たちの千葉通いにも終止符が打たれることになった。

それというのも、現幹部が終戦まで——すなわち追放されるまで采配《さいはい》を振るっていたM新聞社の活版部を利用することが出来るようになったからである。同活版部は、M会館から棟つづきの所にあったから、原稿を出すそばからゲラが送られてくるので、段違いに効率がよかったし、活字も鮮明で、こちらに校正ミスがなければ、出来上がりも上々であった。

これでNHKの放送会館の中にある進駐軍の事前検閲という関所がなかったら、よけい快適なのにとぼやいても、現在置かれている日本の立場では、当分、解除の見込みはなさそうであった。それでも、その検閲の烈《きび》しさも月を追って、少しずつではあるが緩められてきてはいた。

仙吉は応召まで仕事をしていた週刊紙と同じように、M新聞社の活版部にも自由に出入りすることが出来るようになった。彼は大新聞社の輪転機の轟音《ごうおん》の間を掻《か》いくぐるように歩いたり、見渡す限りの広々とした現場で、大組みや活字拾いに取り組んでいる記者や工員の中に混じって動いたりしていると、週刊紙時代——というのも、同紙も大組みのときは週一回ここに来て、終日それを行っていたので——の晴れがましい一時《ひととき》を取り戻したような気分になって、嬉《うれ》しく感じることもあった。

それから暫く経って、社では「J・Aウィークリー」七〇〇〇部突破を記念して、夕方からビールの飲み会を、社の一室で催すことになった。これは予《かね》て社長が、とにかく採算の採れる第一目標である七〇〇〇部を突破したら、この会を催して、社員の努力に応《こた》えるという、そのことを実現したのだ。ビールを飲む会というと、鯨飲馬食のそれをすぐ想像しがちだが、もちろん当時のことであるから、ほんの口を濡らす程度のものであった。

　それでも引揚げ以来、絶えて口にしたことのない生ビールのそれであったので、仙吉は少しはほぐれるような気持ちになった。社を出て何十分後には、神田の古本街に姿を現わしていた。学生の頃からの習慣で、彼は懐ろに金があろうとなかろうと、この界隈《かいわい》を歩き廻って、古本のあれこれを引っくり返して見るのが何よりの楽しみであった。

　この日は、特に買うあての本があったわけでなし、まして、懐中不如意といっては余計である。ただ慢然と古本屋の書棚の一つ一つを見て巡《まわ》った。

　――と、どうしたことか。彼は一冊の本の背文字に吸い寄せられた。そこに彼は、杉本泰三の四文字を目にしたからだ。書名は「街に拾う」とあり、その下に同著者の名があった。瞬間、それは、あの杉本さんの叢書《そうしょ》の一冊に違いないと思った。だいぶ痛んでいる外箱《ケース》から急いで中身を取り出し、ページを捲《めく》ってみた。吉屋信子の推せんに類した言葉が寄せてあり、著者と吉屋信子との間に少なからぬ交流があったことが窺《うかが》える。吉屋信子と言えば、その頃、毎日新聞をおもな舞台に連載小説を書き、そればかりでなく、それを元にした映画の上でも、なかなか人気絶頂の作家の一人でもあった。

仙吉は、それを懐中《ふところ》にすると家に帰って、早速、通読してみた。が、それとは裏腹に、正直言って感銘するものは殆どなかった。期待外れといえばそれまでだが、仙吉にとって、これは換えがたい思い出の書物の一冊になったのも事実である。が、杉本氏のその後の消息を仙吉は全く知らない。

父との忘れ得ぬふた齣《こま》

今から八十年以上にもなる六、七歳頃のことである。深川育ちの私は、一日、父に伴われて両国駅から汽車に乗って、千葉駅に途中下車。そして、その日は駅前の旅館に宿を取ることにした。行き先は、房総半島の南の端にある北條海岸である。もちろん、小さかった当時の私として、どこへ何の目的のため、一泊二日の小旅行を試みることにしたのかは知る由もない。すべては、あとになってからの想像に過ぎない。

当時は、東京から短い距離の所に行くのにも、時と場所によっては、一息に目的地に着くことができず、途中で一泊、別の路線に乗り換えて行くようなことも、少なくなかったようである。

とにかく、父子《おやこ》は、薄暗い感じの一室に通された。夕食のときになって、やおら父は立ち上がると、天井からぶらぶら吊《さ》がっている裸電球、それは多分、四十燭光《しょっこう》ぐらいだったろうと思うのだが、笠もろとも、コードの根元のところを把《も》つと、目の前に翳《かざ》し、

「うむ、これは、うちの製品《もの》に違いない」

と呟《つぶや》くように言ってから、ためつすがめつ、いろいろな角度から透《すか》してみたり、掌《て》で撫でてみたりするのだった。その仕種《しぐさ》は、束の間のことに過ぎなかったが、いつも家業一途《いちず》に徹しているように見える父の一面を、ここにも、はしなく垣間見る思いがした。（もちろ

ん、これとて後年、当時を顧みての、大人の感情を交えてのそれであったが……）

私の父は、明治二十年生まれ。維新時、仙台藩の最下級士族の流れを汲む二男。ご多聞に洩《も》れず極貧のため、十歳年上の兄（私の伯父）は早くから上京して、××電燈会社傘下のガラス工場に勤め、私の父も小学校もそこそこに、兄の後を求めて同じところの職工となって努力を重ね、やがて兄は、そこの職長に。しばらくして、兄は独立を志すと、一親戚から資金を調達。下町の一角にささやかな街工場を設け、その名も佐藤兄弟《けいてい》硝子《ガラス》工場として出発。その後、幾多の曲折はあったにしても、大正十年ごろには、従業員の数も百二十名を超え、当時のバルブ工場としては、業界十指の一つに数えられるまでになっていた。

とは言いながら、東京圏の同業から日に日に造りだされるバルブだけでも、何万以上に及ぶであろうに、その田舎宿にとりつけられている電球の一バルブが、どうして自分のところから送りだした製品であると見きわめがつくのであろう。しかも、それは無色透明のものであるだけに、その判定は難しい。それを、あたかも遠く手離したわが子を見て、間違いなくそれは、わが実の子であると、確信をもって応えるかのように……。

実際、そのとき、父が信じ切ったように、果たしてそれが、まぎれもなく自家製品そのものであったのかどうかは、神のみぞ知るである。しかし、幼少以来、表裏なく昼夜の別なく仕事に打ちこんでいる姿を見つづけてきている私としては、父の信仰に近いまでのそれを信じた。

——翌日《あくるひ》、宿を出ると、父子は内房線＝館山方面行きの列車に乗って正午《ひる》ごろ下車。陽光輝く北條海岸に出ると、目の前の洋上に錨《いかり》を下ろして、どっしり横たわっている一軍艦を見た。が、今になって振り返ってみても、そのときの光景は、軍艦一隻の黒い姿そのものだけであって、人の賑《にぎ》わいや、周辺の有様についても全く覚えがない。従って、父が何の目的で、そこにわざわざ私を連れて行ったのか。観艦式のようなものがあってのことか、それとも、同艦が進水して間もなくのこともあって、国民のために一般参観を目的としたものであったのか、今としては皆目わからない。

ただ、このときの一大黒船が、その後、わが連合艦隊の有力弩《ど》級艦の一員として重きをなしつづけたかに聞く、あの戦艦「金剛《こんごう》」であったということ。その艦名がその後、特に太平洋戦中、往々注目を浴びた「金剛」（レイテ沖海戦で、アメリカ海軍の潜水艦により撃沈されたとも聞く）であることを、どうして知り、またどうして忘れずに永く記憶しつづけてきたのかと問われても、今の私には答える術《すべ》もない。真偽は別として、そのときの軍艦が、「金剛」そのものであると私自身、今なお信じていることの不思議。

とにかく、私の幼いとき、父に伴われて泊った駅前旅館の一室でのこと。そして、その次の日に、北條海岸上で目撃した強烈な一シーン。この二つの事柄は、想えば奇妙な取り合わせである。父が逝《い》って、早や四十五年余。なぜか、遠く過ぎし日のことが、フィルムのふた齣《こま》のようになって、身内を去来するこの頃である。

とむらいの記

第一部

私が上海経由、大陸から復員したのは昭和二十一年四月三日である。

東京の家が全焼したことは、既に上海で知っていたが、弟妹五人と母親が戦災や戦死で亡くなったということは、下関の親戚に立ち寄って初めて知った。上陸するまでは割合に軽い気持ちでいた私も、この事実を知らされたときは全く言葉の現わしようがなかった。それでも父と弟一人が世田ヶ谷に移り住んでいたので帰るに家のない悲運にだけは遭わないで済んだ。しかし予期していたこととはいえ、金泥も真新しい戒名がズラリ仏壇に並んでいる位牌の前に招じいれられたときは何とも現わしようのない気持ちだった。それから一夜あかすと早速、父に伴われて、新仏の眠る多磨墓地に——（ちょうど四月で、京王電車で多磨霊園前で降り、桜並木の下をくぐってゆくのだが）——行き、広い園内を何丁か歩いて、大分はずれの方に木目《もくめ》の新しい墓標のある四坪ばかりの墓地の前に立った。

この墓に限らず、このグルリの墓地は、多く戦災で死んだ者の墓地らしく、いずれも、木の香の新しい生垣もまだ若く、よく土に根をおろしていない風だった。

父は、墓地に着くと誰でもするように持ってきた高箒木でぐるりを掃き清めると、水をやり、線香をたき、盛花を立てた。そして、生きている者に物をいうがごとく何やらお念仏を唱《とな》えていた。

その後、信州に残しておいた妻子のもとに帰り、この土地に再度勤めをするようになっても、あれこれと当時のことを想い出し、帰還当初お参りしたきり、つい御無沙汰をしとおしの墓参をやりたいと思いつつ、その後幾度か上京しながら、ツイ、かねての望みを達しないでいた。

それで、この日の訪問は五年ぶりというわけである。

私は、目につくままに玉川屋と屋号のある石屋兼休憩所に寄って盛花と箒木《ほうき》、水桶《みずおけ》、線香を用意して、曾《かつ》て父と連れだって来たときの記憶を辿《たど》りつつ、広い霊園内に入った。そして、門を入って左へ左へと長い道程を歩いていった。しかし、目的の肉親のねむっている墓は見つからなかった。やはり〝よく地の理をたしかめておくのだった〟と、おのれの軽率が悔まれた。五年前とくらべると、大いに姿も変ったし、墓標もおびただしい増加である。戦後、戦災地に沢山の住宅が建ったように、この新しい墓域にも大小様々の墓がふえ、墓域も画然と整理され（五年前に来たときは飛行機の残骸《ざんがい》さえ樹木の間に隠見していた)、見る者にも、スッキリした、違った明るさを漂わしていた。そして、あちこちの墓には、ところどころ黄だ、紫だ、赤だ、白だといった花々が捧げられ線香が棚引いていた。

この日は、あいにく、曇りがち、いまにも雨が降りだしそうな気配を見せていた。

私は、こうした中を、ここだと思うあたりをグルグル水桶と箒木を持って探し廻ったが見つからなかった。あちらこちらの墓の前には老幼男女が掃き清めたり、合掌をしたりしているのが望まれて、うらやましかった。

私は、とうとうくたびれて持物全部を、とあるところに置いて、なおも探した。しかし、一時間あまり探し廻っても、ついに発見できなかった。そのうち、数ある墓の中には、一二年前に亡くなった小説家——横光利一之墓と彫った大きな墓石も見出されて、疲れたなかにも、ちょっと慰めを感じた。

私は、疲れ切ったのと、いつまでも、ウロウロ歩き廻っているのを、いくら人目の少ない所とはいえ、すこしひけ目も感じて、あきらめて引き返すことにきめた。それには、せっかく大枚? をだして買ってきた大きな盛花などの処理をしなければならない。私は、窮余の策ということもあって、この持物を「横光利一之墓」に捧げることにきめた。全く見ず知らずの墓前にそなえるのもおかしいし、私の性向、年来の文芸ファンからいっても、

（何も横光利一に帰依しているわけではない――もちろん一面識があるわけではないが）、万更、無意義でもないと、私だけの都合のいい理屈をつけると、つかつかと一段きわだって見える立派な、しかし余り加工のしてない、文学者らしい匂《にお》いのする墓の前に立って、くだんの花と線香を捧げ、合掌して引き返した。

しかし、私は、出口の方に引き返しながらも、やはり、或る物足らなさを感じていた。私は、道々、目にはいるここかしこの墓標を読んでいった。中には相当鳴らした名家や学者の名前も見える。――××博士夫妻の墓も読まれた。

霊園を出て、参道を駅の方にゆきかけたが、どうも気持ちが晴れない。

私は、五年前、父と来たとき立ち寄った石勝と看板のある大きな石屋の硝子戸を排して墓帖を調べてもらったら、すぐと、ありかが分った。

私はここで、再び、花と線香、その他を求めて、そこの主人の意でその店の石工に案内されかたがた一緒に行ってもらうことにした。

また、何丁か、かなりの距離を同じ方向に引き返した。大体の方向は、誤っていなかったが、やはり肝心なところで見当を誤っていることが分った。これでは、一日かかっても探しえなかったと、自身のうかつさに微苦笑したのだが、そんなことより長い疲れのあと、探しあてた歓びは、かくし切れなかった。

肉親の墓は、いぜんとして石碑も建たず、木の墓標であったが、四囲の生垣は成長し、やはり五年の月日の距《へだた》りは、生垣の高さも胸のあたりまでのび、或る渋味を加えていることにも感じられた。

父は、金の調達さえ出来れば、何をおいても石碑を建てたいというのが宿願のようだったが、私は、むしろ、派手な石などで建て直すより、この方が幾らかよいかと思った。

私は、曾て、父がやったように、ぎこちない手つきで、墓の周りを掃き清めると花をそなえ、疎遠を詫《わ》びた。そして、ありし日のこと、自分の引揚げ当時の複雑な気持ちなど、いろいろ振り返ってみた。

案内の石工が、とうに立ち去ってからも私は、ながいこと佇《たたず》んでいた。

第二部

前のことがあってから一年も経《た》ったであろうか。私は上京した折、日頃の無沙汰を詫びるつもりで晩秋の一日、また多磨霊園に出かけた。

入口前の花屋で、花と線香を買い、それに手桶を借りて件《くだん》の道を歩いて行った。ところが、どうしたことだろう。まさかと思ったのにまた墓の在所《ありか》を見失って、探しあぐねているうちに、一時間余は経ってしまった。ほとほと自分の頭の悪さ、感の鈍さにあきれ返るとともに、急に疲れが出て、とある芝生に手桶も花も置いて、曇りがちの墓の諸所を眺めていた。

入口にある墓所案内所に行って聞けば直ぐ分ることを、ちょっと距離があるのと、意地が手伝って、こんな迂愚な真似をして貴重な時をすごし心身を無意味に疲れさせているのだ。それでも、あっさり入口まで引き返して訊《き》いてくる元気がない。また同じような所をぐるぐるしていたが、結局、分らず仕舞いだった。

――そうするうち、かねて一度見て覚えていた小説家横光利一の墓は、この辺だったなと思っているうち、確かに見覚えのある墓所に出た。が、どうも、この前に見た記憶のものと、墓の形が大分立派で違って見えた。それよりも、おや！　と思ったことは、墓の傍らに一人の女性が腰を降ろし、何か書物のようなものを展《ひろ》げていることだった。

私は、その婦人と一瞬、目を合わしたが、バツの悪さからすぐ目をはなした。相手の人は、ちょっと訝《いぶか》って目を上げているようだった。私は、何げない素振りで墓の横手の方に廻って近づき、墓を見ると確かに横光利一の墓に違いなかった。きっと〝作家横光〟の墓としては、以前のものでは粗末であるとして家族・友人らで建て変えたのかしらなどと、自分なりの解釈を下してその側《そば》を距《はな》れた。

それにしても先刻《さっき》見た女性は誰だろう。若いような若くないような。――横光夫人だろうか、実妹だろうか。妹さんがあったかないか知らないが、写真で見た横光と似た面差でもあるようにも感じた。

それよりも、仮にあそこにその女性が居なく、墓には香華が供えられていなかったら、きょうも重い思いをして持ち廻っている手桶と生花を、この前のようなつもりになって、横光利一の墓に捧げたであろうか。これは、自分にも未知に属する。

要するに、横光利一の墓がここなら、凡《およ》そこの見当だと思って、再び勇を鼓して目指す墓を探したが、ついに見当らなかった。

墓地も次第に黄昏《たそがれ》がかってきた。見る者が見たら野良犬のように同じ所をぐるぐる廻っている自分を何と見るだろう。

とうとう尋ねあぐねて、捨てるにも捨てられない、いまは重荷にさえ感じられる預り物の手桶を下げて、元来た入口の方向さして、引き返しはじめた。

――と、いきなり呼び止められて振り返ると、妙麗の女性が立っている。

「誠に、恐れ入りますが、×口《ぐち》の方にお出になりますの」

と訊く。頷くと、

「まことに、厚かましくて何でございますが、私は、×口の方へ出ようと思いますので、これを出口の右側にある××屋という家へお返し願えませんでしょうか」

といって、示したのを見ると、自分と同じ桶を提げている。

承知の旨を答えると、件の女性は、私に、その手桶を渡して一礼すると、反対の方向に立ち去っていった。

自分は両手に手桶を提げながら、疲れた足を出口の方に向けた。そして、頼まれた桶を目的の家に返してから、残りの、まだ花のささっている手桶を提げて、墓地を出ようとしたが、墓地案内所の建物が目に入ると、どうしても、このまま帰ってしまうのは気持ちが許さなかった。勇気を出し、扉を排して中に這入り、係りの人に訊くと、台帖の一つを見て、すぐ図示してくれた。こんどこそはと、地図と番号を手帖に書き取り、再び、元の参道を歩いて行った。そして、この前の時と同様、ちょっとの方向違いで同じ所を堂々めぐりしていることが分かった。

花と線香をそなえ、黙禱を捧げなどして、少時《しばら》くの時を過ごしてから、やはり、目的を果たした心の軽さを感じて帰途についた。それにしても、生前、実母とは何かと衝突の絶え間がなかったので、それで仏たちは自分をうとんじている結果こうした憂目（？）を一再ならずなめるのかしらと、長い参道を歩きながら、路々《みち》思ってもみたりした。

是政《これまさ》線という奇妙な名前の私鉄を霊園前から乗って、武蔵境《むさしざかい》着。再び、国電の人となった。

図書館物語

第一部

ちょっと思い立って蒐《あつ》めておいた資料の中から、こんなものを編んでみました。副読本といった意味から、図書館に親しむ、また理解をもつうえに何らかの足しにもなれば幸せです。

一　菊池寛と下足番

本稿、図書館物語の第一番は、先ず文壇の大御所――菊池寛氏から始めることとする。文壇人で一番図書館を利用し、またその恩恵を身に沁みて感じているのは同氏を以て嚆《こう》矢《し》とするであろう。

そのせいでもあろうか。大正年代――同氏の売出し頃の所謂《いわゆる》、啓吉・譲吉物を見ると、よく図書館を題材にし、氏の窮迫ぶりや、その他の事情が活写されていて、読む者をして同情の念を起こさせずにはいない。

その作品の一つが有名な、かの『出世』という短篇である。

「彼が、田舎の中学を出て初めて、東京へ出て来た時、最初に入つた公共の建物は、やつぱりあの図書館であった」

と、述べている。

実際、中学から大学、それから社会に出て職にありつくその時まで、氏ほど図書館を利用し、ありと凡《あら》ゆる方面に食指をのばし読破していった人も珍しい。当時の氏としては、人一倍好学の志旺《さか》んであったとはいえ、やはり境遇上、万事恵まれていなかったことが最たる原因であろう。

大学を出て間もない頃、職にも有りつけず困り抜いているとき、やっと、翻訳の仕事を見つけ、やりかけて間もないとき、その本を市電内に忘れてしまって三田・春日町・巣鴨の各車庫を血眼になって探し歩き、竟《つい》に紛失、日比谷図書館のカード目録を引いてみたが見出せず、窮余の果てやっと思い浮かんだのが上野の帝国図書館である。そこに原書の名前を見出した時の気持ちを想うと、氏の往年の姿が有り有りと目に見えるような気がする。もっとも二、三箇月かかってやった唯一の糧道も、その本屋が潰《つぶ》れて、「本当は一文にもならなかつた」のであるが……。

それから話は、誰でもよく知っている氏と下足番との経緯に移る。

下足番とは、上野帝国図書館の地下室に当時いた二人の下足の爺のことで、彼が高等学校の二年のときのこと、一日彼は、ごく汚い尻切れ草履をはいて行った。

「彼が平素《いつ》もの通り、その汚い草履を受取つて、直ぐ自分の足もとに置いたまゝ、しばらく待つても下足札を呉れようとしなかつた」とある。ここで押問答宜《よろ》しくあって、その結末は筆者寛氏もどう落着したか忘れたと書いているが、多分この時の主人公は敗けたのだろう——。

こんな経緯のある上野の図書館に二年後には主人公は「ラクダの外套《がいとう》に金縁の眼鏡をかけて」「あの〔下足番の〕大男は、どんな気持で自分の下駄を預るだらう」と、色々な感慨を押し包んで、

「彼は閲覧券売場の窓口に近づいて、十銭札を出しながら、

『特別一枚！』と云つた。すると、思ひがけなく

『やあ、長い間、来ませんでしたね。』と、中から挨拶した。それはまぎれもなくあの爺だつた。」

とある。これから、主人公独特の解釈があって一篇のまとまった好短篇となって終りを告げている。

また鈴木享氏著の「菊池寛伝」を見ると、

「中学時代の氏〔寛氏〕を語る場合に、どうしても閑却することの出来ないのは、高松に教育図書館の出来たことである。――開館は氏が三年生の時で、明治三十九年の二月十一日、紀元節の佳辰であつた。――一か月券は五銭だつたが、その第一号を買つたのは氏であつた。――図書館は丁度学校と家との中途にあつたから、どんな日でもその門をくぐらない日とてはなかつた。三年の終りから、四年五年と、卒業までの二年余りの間に、そこにある本を少しでも興味のあるものは全部渉猟した。

氏は半生を学校に通ふよりも、図書館に多く通つたと告白して居るが、その習慣は郷里の高松図書館で養はれたのであらう」

と書いている。

このほか菊池氏の「半自叙伝」を見ると至る所、氏と図書館との因縁浅からぬ挿話を沢山見ることができる。

二　信子女史の図書館通い

信子――吉屋女史も少女の頃から、よく図書館を利用した人である。

一番初めに行ったのが日比谷図書館で、次が上野・大橋の両館である。日比谷図書館に就いては女史にもこんな感傷の時があったのかと思われる程、繊細な描写があるが、ここでは省略する。ここで読んだ本では、「ハウプトマンの沈鐘がひどく記憶に残つてゐる」とのこと。

「上野〔帝国図書館〕へはひと夏、紅葉全集を皆読み通す計画で、通ふつもりで、お弁当持参で甲斐々々しく行つた第一日か二日目で、すつかりいやになつて通ふのを止してしまつた」のだそうである。男子でもそうであるが、とりわけここは娘には万事とっつきにく く、「感触がラフで陰惨だつた」からだ。所詮、上野のような国立図書館は、閲覧も勿論であるが、大使命は典籍の保存と特殊研究家の資料補給所であるのだろう。

「大橋図書館へは日比谷へひとしきり通つた後」に行った。そしてここでは「古めかしい本ばかり」――例えば泉鏡花の作品なども殆《ほとん》ど全部ここで読んだのである。

女史は、少女の為に書いた或る文章の終りに次のように結んでいる。

「今でもある日比谷やその他図書館の中で、セルの単衣《ひとえ》に肩上げをした若い娘が、青葉に暮れゆく窓のほとりで、本を読みつゝ、吐息をもらしたり、とりとめない空想にふけつて、泪《なみだ》を浮べたりしてゐる俤《おもかげ》が有るのではないでせうか……」と、これ言い換えれば往年若かりし頃の吉屋女史の半面でもあったのである。

×

図書館の藤淋し傘畳む人

久米正雄『牧唄句抄』――「春」より

三　「三四郎」と図書館

文豪漱石と図書館、これもなかなか浅からぬ間柄である。

現に漱石は、明治三十九年四月、子規宛の手紙の中で

「――小生は不具の人間なれば行政官事務官杯《なぞ》は到底して呉れる人もなくあつても二、三月で愛想を尽かすにきまつて居れば大抵な口では間に合はず因《よつ》て先頃郵便にて今回若し帝国図書館とか何とかいふものが出来る様子だから若し出来たら其方へでも周旋して呉れまいかと……」云々

と書いている。

幸か不幸かこの帝国図書館入りの話は沙汰やみになってしまったが、職口《くち》さえあったら事実就職するほど乗気になっていたことは考えて見ただけでおもしろい。

また、彼の作物――「三四郎」を見ると実に図書館が活舞台として描かれている。日本の傑れた文学作品で、こう図書館が採り入れられているのは少ないであろう。

――「高等学校の前で分れる時、三四郎は、『難有《ありがと》う、大いに物足りた』と礼を述べた。すると与次郎は、『是から先は図書館でなくつちや物足りない』と云つて片町の方へ曲がつて仕舞つた。此一言で三四郎は始めて図書館に這入る事を知つた。」

――「三四郎が驚いたのは、どんな本を借ても屹度《きっと》誰か一度は眼を通して居ると云ふ事実を発見した時であつた。それは書中此処彼処に見える鉛筆の痕《あと》で慥《たし》かである。ある時三四郎は念の為めアフラ・ベーンといふ作家の小説を借りて見た。開ける迄は、よもやと思つたが、見ると矢張り鉛筆で叮嚀にしるしが付けてあつた……。」

これは言うまでもなく後に出てくる広田先生の博覧振りを間接に叙した一節でもある。

こうして記していくと、まだまだ面白い描写に出遇うのであるが、この項はここで終っておこう。

四　唯一の息い所は図書室
―林さんの少女時代―

林芙美子女史――林さんも、この物語に登場してくる価値は充分ある。幼時より人一倍逆境に育った彼女としては当然有りそうなことと思われるが、しかしやはり天来の向上心、向学心の然らしめる所であろう。

彼女の出身校は、尾道の「市立女学校」だ。この四年間を平凡な目立たない、むしろ級《クラス》の者からは置き去りにされがちであった彼女の、――唯一の息い所は学校の図書室だけだった。

ここで彼女は、少女に似合わず原文の「椿説弓張月」とか、ホワイト・ファングなんかを読んだ。将来、女流作家として名を成す萌芽は已《すで》にこの時からあったとみえる。

女学校を出ると、彼女は東京へ出て或る店の事務員になったのであるが、読書のひまなどとてもなく、苦しい貧窮の生活が始まったわけである。

それでも、一番うれしかったことは「時々図書館へ行けたことだつた」と言っているから、彼女と図書館とは、やはり切っても切れない間柄だったのである。

彼女が、雑文や詩を書くようになって、どうやら文筆家の中に頸《くび》をつっ込むようになってからは本当に勉強のつもりで、彼女の図書館放浪が始まったのである。

その中でも、上野の図書館へは一年ほど通い、この頃が彼女にとって最も愉《たの》しい時代の一つであったと述懐している。

彼女はここで、岡倉天心の「茶の本」とか「唐詩選」、安倍能成の「カントの宗教哲学」といったぜいたくな書物まで乱読したというから、一般女性の読書水準から言っても已に相当なものであったことが分かる。

×

学校の図書庫《としょぐら》の裏の秋の草
黄なる花咲きし
今も名知らず

石川啄木『一握の砂』――「煙」より

第二部

一　清水安三と「支那遊記」

この図書館物語も、菊池・信子・漱石・林と文人ばかりを挙げてきたので、ここで少し方向を換えて宗教家といこう。

今（昭和十八年六月）、北支で崇貞学園長として夫妻ともども献身的活躍をしている「朝陽門外」の著者清水安三氏は、近江の中学を卒《お》えると、同志社大学の神学部に入ったのであるが、その四年生の折、一日、図書館の新刊書を一覧した中に徳富蘇峰翁の「支那遊記」を見つけた。その中に、

「惟《おも》ふに、我邦の宗教家にして、果して一生の歳月を支那伝道のために投没する決心あるものある乎。予は、英米其の他の宣教師の随喜者にはあらざるも、彼等の中に此くの如き献身的努力のあるの事実は、仮令《たとい》、暁天の星の如く少きも、猶暁天の星として其の光を認めざるを得ざる也」

という一章に突き当って清水氏は発奮、秘かに大陸行を決意したのである。

それからの氏は図書館に行くと、「高僧伝」の類《たぐい》を繙《ひもと》いて将来への栄養素の補給に力《つと》めた。そして、多くの高僧の中でも支那から渡って後に我が国に帰化した鑑真和尚は、彼の最も尊敬するところで、好い意味で彼は今様鑑真和尚の心意気をもって将来の飛躍に備え、現に心に誓った通り難民の救済に、教育に、献身の努力を捧げているわけである。

二　田中教授の「讃美論」

独学力行、万年学徒の観ある山形高校教授田中菊雄氏は、その「現代読書法」の中に、ちょいちょい氏の図書館論を他の人のそれを引用しながら載せている。

「近刊のある読書法の書物を閲覧してゐたら、その中に次のやうな言葉があつた。『自分の書架の本と同じ気持で図書館の本が読めるといふ人があつたら、神経のある人間とは思はれない。少くとも共に読書を語る相手ではない』」

論旨は、これほど強くなくとも、大体、学者知識層のそれは、右の意見に九分通り傾くようである。

しかし田中氏は、

「図書館といふものを私は書斎の延長と考へる。図書館では読書の出来ないといふのは、矢張り或る程度まで習慣の問題ではないかと思ふ」

と言っている。

そして氏の愛読書、沼波瓊音氏著「徒然草講話」第百五十七段「筆を取れば物書かれ……」評の中の沼波氏の記述をそのまま載せて大方の参考に供している。

「私は〔沼波氏〕、こゝに書いてある事にしみじみ同感に堪へぬ。私は毎日図書館へ通つているが、時々夜など行く事が厭なことがある。さういふ時に行かないで家に居ると、ツイつまらぬ事で心を動かして、値無き時を費して了ふ。これではいかぬと、其後厭な時は、もう勉強はしない積りで、図書館へ行く。そして絵の本なんか、無責任な心で見て居る。すると意外の獲物があつて、やはり来てよかつた、と思ふものである。何か書こうと思つて散歩ばかりして居ると、いつまで経つてもインスピレーションは来ない……」云々。

万人それぞれ意見はあるであろうが、これに似た感じは、吾々、凡人でも時偶《ときたま》有《も》つことがあるものである。

また、田中氏は、現松本帝国図書館長の「帝国図書館と私」の中の一文、「――兎に角、現在の帝国図書館は世界の文化国家に於ける国立図書館としては、欧米諸国に比すれば勿論のこと、北京にある中華民国の国立図書館にも及ばざる状態である……」と言うのを引用して帝国図書館の拡充論を唱えているが、これも具眼の士の誰しも痛切に感ずるところであろう。

三　露伴翁と東京書籍館

我が文壇に於ける国宝的存在たる幸田露伴翁も図書館を利用した組である。

翁が十四の時、即ち明治十三年から始まったというから、この図書館物語に登場してくる人物では最元老格である。

もっとも図書館といっても、その頃の図書館というのは上野の図書館の前身である、今の湯島の聖堂にあって名前も東京書籍館《しょじゃくかん》と呼ばれたものである。

柳田泉氏の描くところに拠ると、当時は閲覧料は二銭とかで、閲覧者には必要に応じて、鉛筆を貸し紙をくれたりして、形は整わなかったが、今よりずっと図書館らしい図書館であったらしい。

翁が図書館を利用したといっても、多くの文人がそうであるように翁も亦纏《またまと》まって研究的に読んだわけでなく、読書欲にまかせて何でも構わず読破して行ったらしい。歴史・伝記・戯作・狂歌・俳諧等々あらん限りの書物を渉猟したわけである。

こう見てくると、平凡人は別として真に偉大なる文人・思想家などというものは、乱読とはいいながら、自らそこに天性の読書術を体得してそれを最も自然に活用出来る人だ、ということができよう。

四　〝春樹青年〟の一片影

「ある日、父さんはその二階へ上つて見ました。大きなテェブルを前にひかへて本の出し入れを調べて居る図書館の掛りも、矢張り学校へ来て勉強してゐる人でした。その二階では高い声で談話をするものもありませんでしたから、まるでそこいらはシーンとして居ました。たまに聞えて来るのは鉛筆を削る音ぐらゐのものでした。

父さんは本棚の間を見て廻りました。本と本とが沢山対《むか》ひ合つて並んで居ます。誰も読もうとするものもない様な本が、塵埃の間から顔を出して居るのもあります。椅子でも持つて来なければ手の届かないやうな高い棚の上まで一ぱいに古い本が並んで居ます。そこは書籍の墓地でした。いろ〳〵書籍を書いた人たちがその静かなところで眠つて居ました。父さんはさういふお墓の並んで居るところへ行つてそこに眠つてゐる人達の名前をあちこちと読んで歩きました。

あるお墓の前へ行きました。そこには羅馬文字で、

詩集　ロバアト・バアンズ著

と記してあるのを見つけました。

父さんもまだ少年でした。バアンズといふ――の詩人を知つたのもそれが初めての時でした。不思議にも是方ですこし眼をさましかけましたら、そこに眠つて居ると思つた人が、お墓から起き上つて来ました。あのバアンズのお墓の方から、青々とした麦畠の中に鳴く雲雀の声がして来たり、――あたりの若い百姓の唄が聞えて来たりした時は、父さんもびつくりしました。

その時になつて父さんも、そんなお墓に眠つて居ると思つた人達が私達の胸に活きかへり活きかへりする時のあることを知りました。」

これは藤村童話叢書《そうしょ》の内「をさなものがたり」の中に収められている一節である。

翁、独時の完璧な文体は既に定評のあるところ、この章は、編輯子も無駄な饒舌《しゃべ》りをやめて読者と共にその滋味を味わうことにする。

第三部

一　「無名作家の日記」と図書館

本図書館物語も章を重ねること今度で九つ、また菊池寛氏に登壇してもらって光彩を添えることにする。

「三月十五日

雑誌の『×××』評判が、素晴らしく好い。殊に山野の『顔』の評判がいゝ。俺は、なるべく新聞の文芸欄を見まいとした。『×××』評判されるのが、癪《しゃく》だからである。が、何となく『×××』の評判が気になつて仕方がない。俺は、白状するが、もう三日ばかり、続けて図書館に通つた――〔中略〕――、彼奴に対抗する唯一の方法は、俺が彼奴と同時に、文壇へ出て行くと云ふ事であつた。俺は、さう考へると、再び俺の創作『夜の脅威』を思ひ出した。夫は余りに、頼りにならない物に相違なかつた。が、文壇の水準以下のものとは何《ど》うしても思はれなかつた。俺は、今宵、図書館を出ると、直ぐ中田博士の家へ急いだ。『夜の脅威』に就て批評を聞いた上、是非共何処かの雑誌へ、推薦を依頼する心算であつた。」

これは、誰でもが知っている菊池氏の出世作「無名作家の日記」の一節である。

ここにも「菊池寛と図書館」とが単なる読書機関としてばかりでなく切実な問題を含めて交渉があったことが分かる。

いや編輯子は、氏のほろ苦い経験を無雑作に今更らしく披露しすぎたらしい。その償いに、いかにも氏らしい挿話を一、二お伝えしよう。

明治四十三年、氏が一高に入学した年のことである。「時事新報」に学生欄というものが設けられた。氏は、その欄に「帝国図書館比較評」という文章を投書した。上野、日比谷、大橋——この三大図書館の優劣長短を批判したのである。

当時日比谷の図書館には、借出口に金網が張られていた。銀行や郵便局ではないのだから、金網は取り除けたらどうだろうと書いたところ、四、五日経って行って見ると、金網が除けられてあった。氏は心の中で快哉《かいさい》を叫ばずにはいられなかった。

たしかに投書の功績だったのである。

しかし功績ばかりではない。ある時こんな失策をして、思わず赤面せざるを得なかったこともある。

それは大橋の図書館で、ある日、昔の中学時代の友達の太田に会った時のことである。久振りの邂逅《かいこう》なので、双方非常によろこんで、食堂で長い間話しこんだ。四国弁丸出しの大きな声で盛んに喋っていたところへ、図書館の事務員が来た。「此処は普通の喫茶店ではないのだから、君達のやうに大きい声で話して呉れては困ります。注意して下さい。」

もっともな注意なので、氏らは大いに赤面して恐縮してしまった。そしてその次に行って見ると、食堂には「此処にて談笑することお断り」という札がかかっていたという。

二　京都時代の〝寛〟

「私は京都に居たとき、よく疏水に添ふて散歩をしました。疏水と云つた丈《だけ》では京都を知らない方にはお分りにならないでせうが、近江の琵琶湖からトンネルの中を通じて引かれた水で、南禅寺の近くの蹴上と云ふ所で、山上から急激な瀧となつて落下し、幅十間位の堀割の中を、美しい清澄な流となつて、岡崎公園を廻つて流れ、二条の水溜に来て、大きい池となつて、暫らく休息し、それから直ぐ鴨川に添ふて、伏見の方まで流れ下るのです。

——〔中略〕——

私が、京都に居た頃も、此の美しい疏水で、身を投げた不幸な人の事を、幾人も新聞で知りました。新聞で読んだばかりでなく、私自身人と協力して、投身をした男を救ったことがあります。何でも、まだ寒い三月の初でした。
私が夜の八時頃、岡崎公園の図書館を出て、大極殿の隣の武徳殿の横の疏水に添ふた道を通つて居ると、急に水声が起ると同時に、――〔中略〕――
此の事があつてから、丁度二年目でした。四月のある朝、私は岡崎公園の疏水の岸を、辿りながら南禅寺の方へ散歩をしました。まだ人通りの少い朝の八時頃でした。丁度、動物園の裏手の処で、疏水の岸に、何かの工事用の石を、積んである所を通りかゝりますと、その石と石との間に、何か書物らしいもの、端が、出て居るのです。」

これは、読んだことのある人は、薄ら覚えにでも知っているであろうが、菊池氏の好短篇「姉の覚書」の初めの方数章を抜粋したものである。十八行目に図書館という三字があるばかりに、ここに貴重な紙面を割いて掲載したのではない。

ここに抜抄した文字面からも窺《うかが》えるように氏の文章は、簡にして要、実に達意の文である。今の人には、こうした平易でしかも無駄のない文章を書く人は、甚だ少い。むしろ難解な文章を書いて自ら高いと誇る風さえ見える。一つは、名文鑑賞の趣意から、二つには本物語の立場から――即ち、十八行目、

「私が夜の八時頃、岡崎公園の図書館を出て、……」云々の前後の文章を掲げて「私」——菊池寛氏の往時の姿を読者と共に描いてみたい希望に他ならない……。

三　夏子女史の上野通い

明治文壇にその名を不朽にとどめた一葉——樋口夏子も稀《ま》れに見る図書館愛好者で、彼女の記録した日誌を読んでいくと多くの図書館という文字にぶつかる。

今、編輯子が、拙い文章を連ねるよりも、既に恰好な故馬場孤蝶老の研究があるので、それを御紹介するにとどめる。

「女史が上野の図書館へ通つた記事が幾つも出て居る。最初は二十四年の六月十日で、中島塾での同門の田中みの子と共に、二時頃行つて、自宅（本郷菊坂町）へは、六時頃に帰つたとある。同月十九日にも同じく田中みの子と同行してゐる。同廿三日には女史一人で行つてゐる。八月四日のところには、『図書館は例のいと狭きところへをし入れらるゝなれば、さこそ暑さもたえがたからめと思ひしに、軒高く窓大きなればにや、吹かよう風ぞゞろ寒きまでなるいと嬉し。いつ来りてみるにも、男子はいと多かれど、女史の閲覧する人大方一人もあらざるこそあやしけれ、それもそれ、多くの男子のうちに交りて、書名をかき、号をしらべなどしてもて行きにたれば、違ひぬ今一度書直しこよといはるれば、おもて暑くなりて、身もふるへつべし、まして面みられさゝやかれなどせば、心も消るやうになりて、しとゞ汗にをしひたされ、文取り調ぶる心もなくなりぬべし』とあるが、時代の世相といふやうなものが見えて面白い。九月十五日のところには、『それより直ちに図書館に行く。本朝文粋、及び雨夜のともしび、五雑俎とをかりる。馬琴の著書中に五雑俎といふこといと多く有しかば、見まほしくてなり。さはあれど、例の不学故、中々に得読むべくあらず、いとせんなし』とある。同じく二十六日には『おのれは図書館にてふみ見んとて早う出ぬ……かしぞまだ開かず、しばし立ちつくして、やがて入りぬ。日本紀、及び花月草紙、月次消息をかりみる。花月草紙にねぶりをさまして、月なみ消息の流暢なるをうらやましう思ふもかひなし。』十一月八日には『おのれは図書館に書物見に行く。まだ開館に至らざりしかば、桜木町より根岸布田の稲荷までそゞろありきす……やがて開館を待ちて入る。太平記、今昔物語、及び東鑑を借る。但し、東鑑は読まで、太平記並びに今昔物語をのみ借りかへてみる。館を出しは日のやゝ西に傾ぶきし頃なりき。』二十五年一月十三日には『図書館へ行く、九時頃より家を出づ。太平記、大和物語をかりる。大和ものがたりは見ずして、太平記のみ閲覧す。三時頃出館、家に帰る。』二月十七日には『早朝より結髪して家を出づ。荻野君を中徒町の旅宿に訪ふ。物語り種々。書物を借りる。それより図書館に行く。』」

四　哲学雑誌も繙いた〝夏子〟

「同月十九日には、『荻野氏より借りたる雑誌並びに山東京伝編のくもの絲巻通読、朝日新聞の記事少し見て、昼飯になす。午後より早稲田文学中徳川文学、しるれる伝並びにまくべす詳釈、俳諧論など四五冊通読。』同月廿八日には、『図書館へ行く。館内にて新潟県人田中しをの女史に邂逅、禅学の事に付て談話、女史は長岡の戸長の嗣女なるよし。良人は洋画を業とするとか。女史禅学に志深けれど、地方の習慣女子をして就学の便を得せしめず。偶近方の寺院などに布教の僧ありと雖も、俚耳に入り安き小乗浅薄なることのみにて、事大乗の蘊奥に到らず、望洋の思ひありといふ。今たび上京の便に任し、原坦山君に教へを乞はばやと思ふなどいふ。該学に関する書物など取調べたり、帰路同行して、女史が池の端の寓居まで趣く。』三月廿二日に、田中みの子と約して、図書館で落ち合った記事がある。四月二十日には『図書館へ書物見物に行く。大田南畝、藤井懶斎の随筆ども見る。明治女学校の生徒、及び駒場農学校何某氏の妻刀剣類写図の模写に来られしに逢ふ。』七月廿

一、二日、二十七日、八月三日といふ風に図書館へ行つた記事がある。九月一日には『文章軌範少時通読、諱非子が説難胸に徹しぬ』とある。九月十六日には『図書館へたねさがしに行く。春雨ものがたり、丈山夜譚及び哲学雑誌などを見る。』十八日には、夜遅く『近松の浄瑠璃集を読む』とある。」

著者プロフィール

佐藤　誠一（さとう　せいいち）

1914年9月12日生まれ。東京　深川に生まれる。

現・東京（私立）錦城高校卒業。同志社大学予科・明治学院大学英文科中退。

文部省図書館講習所修了。

県立長野図書館司書、課長。日本読書新聞編集部員（日本出版文化協会）、日米通信社員、長野県庁等に勤務後、現在、東京都板橋区に在住。

消耗品の記　——ぽんこつ兵隊物語

2004年5月15日　初版第1刷発行

著　者　佐藤　誠一
発行者　瓜谷　綱延
発行所　株式会社文芸社
〒160-0022　東京都新宿区新宿1－10－1
電話　03-5369-3060（編集）
03-5369-2299（販売）

印刷所　株式会社平河工業社

ISBN4-8355-7320-X C0095
日本音楽著作権協会（出）許諾　第0401868-401